아바나의 시민들

아바나의 시민들

백 민 석
글 사 진

작가
정신

말
레
콘

아바나의
시민들

　　　　아바나의 연인들은 거리낌이 없다. 밤낮, 애어른, 대로와 외진 곳을 가리지 않고 부둥켜안고 입을 맞춘다. 아바나의 연인들은 당신이 떠나온 한국보다 훨씬 개방적이다. 언젠가는 뮤지컬 〈헤드윅〉에서 방금 튀어나온 듯이 현란하게 치장한 두 게이가 길거리에서 당신에게 의미심장한 눈빛을 던지기도 했다.

　　　　말레콘에서 만난 이 커플이 짓고 있는 수줍은 표정은 자신들의 사랑이 들켰기 때문이 아니라, 외국인과 대화를 나눠야 할 상황이기 때문에 나온 표정이다. 당신은

사진을 찍어도 되느냐고 물었고, 그들은 서울에서 외국인
이 당신에게 길을 물었을 때 당신이 짓는 것과 똑같은 표정
으로 당신을 맞이했다. 다시 봐도 참 순박한 커플이다.

　　사랑은 낯선 이도 금세 알아차릴 만큼 힘이 세
다. 콜리나 호텔 옆 버스 정류장 벤치에 앉아 하염없이 울
던 여성을 당신은 잊지 못한다. 자기 옆에 앉은 엄마 같은
이의 위로에도 그녀는 눈물을 그치지 않았다. 한 마디도 묻
지 않았고 듣지도 못했지만, 당신은 그녀가 얼마 전 연인과
헤어졌거나 조만간 헤어지리라는 것 알 수 있었다. 경험을
돌이켜보자. 사람을 그렇게 울릴 수 있는 게 사랑의 힘 말
고 또 뭐가 있겠는가.

당신은 이 낚시꾼 할아버지를 가장 자주 만났
다. 말레콘에 매일 들르지도 않았고, 산책 시간을 정해놓지
않았는데도, 당신이 누군가를 매번 만났다면 그가 거기 상

주하다시피 했다는 의미일 수 있다. 그는 매번 일정한 자리에서 낚싯대를 드리우고 있었고, 카메라 셔터 소리가 나면 기다렸다는 듯이 당신을 돌아보며 환대의 미소를 지었다.

낚시꾼 할아버지는 파도가 방파제를 때려 차도까지 바닷물이 들이치는 날에도 변함없이 낚시를 던졌다. 그래서 그는 하루에 얼마나 벌까. 딸린 식구는 몇이며, 집은 있을까. 나이는 몇이고, 학교는, 전공은? 당신은 한국식으로 생각하고 한국식으로 궁금해한다. 당신이 알고 싶은 사항이 낚시꾼에게는 하등 중요하지 않을 수 있다. 당신은 그런 의미에서 아직도 서울에 있는 셈이다. 출신이, 부동산이, 학벌이, 수입이 중요한 서울에 머물러 있는 셈이다. 쿠바에 와서도 그 한국식 가치관의 섬에서 벗어나지 못하고 그것들을 바리바리 싸 들고 온 것이다. 이 낚시꾼 할아버지가 어떻게 낯선 외지인에게 그토록 경계심 없이 관대할 수 있는지는 절대 궁금해하지 않는다.

이 가족은 어디에서 왔을까. 아빠는 허리 색을 차고 엄마는 카메라를 메고 딸은 엄마 아빠 사이에서 애정을 독차지하고 있다. 당신은 저 성인 남녀가 부부가 아니거나, 저 어린 소녀가 딸이 아닐 가능성을 생각하지만, 너무나 자연스레 배어 나오는 행복감 앞에 그런 의심은 스르르

무너져버린다.

　　당신은 사진을 정리할 때마다 몇 번이나 이 가족의 사진을 들여다보았다. 이들은 당신이 매일 저녁 숙소에서 그날 찍은 사진을 정리할 때도, 한국에 돌아와 전체적으로 사진 폴더를 청소할 때도 살아남았다. 그리고 글을 쓰기 위해 마지막으로 사진을 골라낼 때도 폴더 속에 살아남았다. 몇 차례 필터링을 거치며, 당신은 이 가족이 프랑스인이 틀림없을 거라고 아무렇게나 믿게 되었다.

　　그저 그뿐이다. 당신은 언젠가 가족이란, 당신이 한 번도 온전한 형태로 가져보지 못한 것이어서 신비롭게 느껴진다고 썼다. 당신은 이제 '가족사진'을 볼 때, 더 이상 슬프거나 꺼리고 피하는 마음이 생기지 않는가? 하지

만 여전히 가족과 가족사진은 당신에게 어색한 것으로 다
가오고, 당신이 살가운 태도를 보이려 할 때마다 이물처럼
마음속에서 버석거린다.

가이드북에 나오지는 않지만 아바나에도 젊음
의 거리가 있다. 베다도 지역, 호텔 리브레가 있는 교차로
에서 말레콘까지 이어지는, 1킬로미터 남짓한 완만한 4차
선 경사로다. 경사로의 끝 말레콘 쪽 교차로엔 'La Rampa'*
라고 쓰인 주유소와 호텔 내셔널이 자리한 바위 언덕이 있
다. 경사로를 따라 계속 올라가면 사람들로 북적대는 또 다
른 교차로가 나오고 그곳이 호텔 리브레의 교차다. 아바나
국립대학교도 근처에 있다.

호텔 리브레와 말레콘 사이의 이 경사로에는 낮

★ '경사로'라는 뜻.

에도 사람이 많다. 양 끝에 아바나 시내에서 몇 되지 않는 와이파이 존이 있기 때문이다. 이곳은 밤이 되면 한껏 멋을 낸 아바나의 젊은이들로 온통 시끌벅적해진다. 경사로 곳곳에 자리한 클럽들 앞에 긴 줄이 서기 시작하고, 방파제에 걸터앉을 자리도 별로 남아 있지 않다. 언젠가 당신은 이곳에서 대형 살사 페스티벌을 본 적도 있다. 이천 명쯤 되는 아바나의 젊은 커플들이 빨간색 셔츠를 맞춰 입고, 밤늦게까지 살사 춤을 추었다. 아바나 젊은이들의 패션 감각과 활기, 아름다움의 진면목을 알고 싶다면 해가 떨어진 다음 이곳에 나와봐야 한다. 오비스포가 외국인 여행객을 위한 거

리라면, 이 경사로는 현지 젊은이들을 위한 거리다. 지도에
는 그저 'La Rampa'라고만 적혀 있지만, 여기야말로 아바
나의 밤을 대표하는, 뜨겁게 붐비는 곳이다.

말레콘

아바나의
시민들

　　아바나는 당신이 이해하기 어려운 것투성이다.
한국과 쿠바는 가까운 문화권이 아니다. 이를테면 12월의
첫날, 말레콘의 동쪽 끝 바다로 내려가는 계단 입구에서 마
주친 이 의식은 당신에게 완전히 낯선 것이다. 종교의식이
라고 짐작은 되지만, 어쩌면 계절이나 달의 바뀜과 관련된
작은 축제일 수도 있다. 한편 꽃바구니를 들고 다니며 관람
료를 요구하는 사람이 없으니 분명 쇼는 아니다. 지켜보는
동안 춤과 음악이 쉴 새 없이 계속되고, 사람들이 몰려들
고, 점차 고조되는 분위기 속에 황홀경에 빠진 듯한 사람도

나타난다. 판을 주도하는 무당이 있는 형식도 아니어서, 그
저 우르르 몰려든 사람들이 저마다 하늘을 향해, 바다를 향
해 멋대로 기도하고 노래하고 춤을 추는 난장 같기도 하다.

당신이 아는 건 하나. 아바나는 바다에서 많은
사람들이 죽는다. 당신은 미라마르의 하구 쪽에서 장례 행
렬을 본 적도 있고, 말레콘에서 사람들이 우는소리를 내며
바다를 향해 꽃을 던지는 모습을 본 적도 있다. 이런 의식
은 바다에 나가 목숨을 잃은 고기잡이들의 넋을 위로하는
위령제일 수 있다. 당신은, 죽은 자의 넋 앞에서 한 가지 감
정만 가질 수 없다는 사실을 이해할 만큼 세상을 살았다.
슬픔과, 그리고 나는 살아 있다는 안도의 한숨과, 미래에도
행운이 계속되기를 바라는 기원의 감정도 마찬가지로 산
자를 지배한다.

아바나에 도착한 지 채 열흘도 지나지 않아 찍은 사진들. 아바나는 당신에게 너무 낯선 도시라 카메라를 들고 다니면서도 무엇을 찍어야 할지 알지 못했다. 그러다 우연히 말레콘을 알게 되었고(숙소로 가는 쉬운 길을 찾다가), 당신이 이름도 알지 못했던 물라토를 보고(다갈색 피부의 흑백 혼혈은 영화 속에서나 봤다), 피부색만 달랐지, 카메라를 들이대면 어색해하는 건 한국인과 똑같다는 사실을 깨닫고(하지만 화를 내는 법은 없고 대개 즐거워하며 끝낸다), 특히 어린아이들의 다갈색 피부는 흰 피부와는

또 다르게 어떤 완벽함의 이상을 예시한다는 사실을 알게 되었다(인간의 것 같지 않은 색조와 흠 하나 없는 매끈한 질감).

　　　아바나 시민들은 카메라를 들고 다니는 법이 거의 없다. 그도 그럴 것이 문을 열고 나오면 매일 보는 풍경이고 매일 만나는 사람들이니 굳이 사진에 담을 이유가 없는 데다, 카메라를 파는 곳도 드물다. (당신은 아바나에서 끝내 카메라 삼각대를 발견하지 못했다. 또 쿠바인 같은데 카메라를 가졌으면 대개는 멕시코인 여행객이다.) 그래서 아바나의 시민들은 어린아이들이 저 귀한 육체적 아름다움을 말레콘에 작품처럼 전시해놓고 있는데도, 그 예술성을 몰라보고 방치하고 만다. 열대의 미친 태양과, 소금기 많은 바닷바람과, 백신이 부족한 풍토병 때문에 오래 간직할 수 없는 그 갓 지은 아름다움을 말이다.

한국의 홍대 젊음의 거리나 가로수길처럼 말레
콘은 패션 화보 촬영이 많은 곳이다. 화보 촬영을 나온 모
델들은 금세 구분이 된다. 보통 행인들은 가벼운 티셔츠
차림이고, 대개 뙤약볕과 세찬 바닷바람에 색이 날아가고
천이 상한 옷을 입고 있기 때문이다. 촬영을 나온 모델들
의 옷은 색과 선이 살아 있다. 모델들은 이마를 때리는 강
렬한 햇빛에도 얼굴을 찌푸리지 않는다. 그들은 멀리서도
눈에 띄는 자세를 하고서 말레콘의 경관 좋은 곳을 차지하
고 있다.

　　화보 촬영은 워낙 일상적인 일이라 걸음을 멈추고 구경하는 사람은 없다. 당신은 방해가 되지 않도록 사진작가보다 두어 걸음 뒤에 서서 모델을 향해 카메라를 든다. 당신은 어떻게 해야《보그》나《바자》에 실리는 화보를 찍을 수 있는지 궁금하다. 사진작가는 이 불청객을 제지하거나 비켜달라고 하지 않는다. 모델도 싫은 내색을 보이지 않는다. 어시스트들도 본척만척한다. 아바나에서 마주치는 모델들은 대개 백인이다. 사진작가들도 백인이다. 당신은 잠시 생각이 많아진다. 당신에겐 흰 피부가 지겹다. 당신은 평생을 흰 피부들 속에서 살았고, 너무 많이 보아왔다. 아바나에서 바야흐로 당신의 미의 기호가 달라지고 있다.

당신이 낮의 아바나와 밤의 아바나가 있다는 사실을 깨닫는 데는 그리 긴 시간이 걸리지 않는다. 낮이 밤으로 바뀌면서 클럽 앞이 북적이고 팔짱을 낀 연인들이 거리를 메운다는 뜻이 아니다. 질서가 잘 잡힌 낮의 거리가, 불량하고 문란한 밤의 거리로 바뀐다는 뜻이 아니다. 11월, 당신은 반제국주의 광장에서 열린 헤비메탈 페스티벌을 보게 된다. 아바나에서 낮부터 경찰이 교통을 통제하고 있다면 가까운 곳에서 공연이 열린다는 의미다. 당신은 헤비

메탈 밴드들이 쏟아내는 굉음 가운데 차분히 앉아 담배를 피우는 십 대를 만난다. 치렁치렁한 검은 머리, 검은 아이 섀도, 검은 매니큐어, 검은 셔츠와 레깅스, 입술과 귓불을 뚫은 은제 장신구. 당신은 순간, 낮의 아바나에서 봤던 십 대들이 얼마나 단정한 교복 차림이었는지 생각한다.

   고딕 패션은 당신에게 새삼스럽지 않다. 새삼스러운 것은 그곳이 사회주의 체제의 아바나이고, 1959년 쿠바 혁명의 상징인 반제국주의 광장이라는 사실이었다. 무대 뒤편에는 미국 대사관(옛 이익대표부)이 있었다. 아바나에서 밤낮의 바뀜은 이데올로기적이다. 당신은 현대의 아바나에서 사회주의와 자유주의가 동시적 세계를 이루고 있을 가능성을 생각지 못했기 때문에, 눈앞의 현실을 초현실적인 마주침, 경이로 받아들였던 것이다.

"사이즈가 다르다." 당신이 말레콘에 대해 며칠이
나 아무 생각도 할 수 없다가 겨우 떠올린 생각이다.

마주치는 사물들, 책들, 사건들, 사람들을 뜯어
보고, 나눠보고, 낱낱이 해체해본 다음, 그 결과들을 다시
이어 붙여 자신만의 의미를 구축하는 일이 습관이 된 당신
이다. 당신은 그런 분석 절차를 거치지 않고는 어떤 생각도
내뱉을 수 없는 사람이 되었다. 그래서 다른 여행지에서 본
적이 없는 형태의 방파제, 말레콘에 대해 한동안 아무 말도
할 수 없었다.

말레콘

당신은 느긋이 아침을 먹고, 백팩을 메고 오전
부터 산책을 나서, 플로리다 해협에 지는 낙조를 보며 돌아
오는 생활을 반복했다. 그러다 어느 아침, 당신 시야의 끝
까지 주름을 짓고 있는 구름을 보았다. 두 줄의 두루뭉술한
무빙워크가 창공에서 아바나 항구를 향해 꿈틀거리며 흘
러가고 있는 듯했다. 구름은 말레콘을 따라 아바나 북쪽 시
가지를 다 덮을 만큼 컸다. 당신은 아바나의 하늘이며 구름
이며 바다며 방파제며 그 무엇도, 당신이 알던 것들에 비할
만한 사이즈가 아니라는 사실을 깨달았다. 그 무엇과도 사
이즈가 달랐다.

수직으로 솟은 두 개의 기둥, 수평으로 갈라져 정반대 방향을 가리키는 두 개의 포신, 실물 크기의 남녀 입상으로 이뤄진 이 독특한 기념물은 1898년 미국 군함 메인함의 침몰 희생자를 기리기 위한 것이다. 뜨거운 낮이 지고 밤이 찾아오면, 아바나의 시민들은 기념물의 계단을 올라 대서양

에서 불어오는 바닷바람을 맞으며 수다를 떨고 술래잡기
를 하고 술을 마신다. 아바나에서 기념물은 시민들의 놀이
터다. 한국에서 흔히 보는, 출입을 제한하는 축 늘어진 쇠
사슬은 어디에도 없다.

　　　말레콘은 이 기념물을 중심에 놓고 오른쪽과 왼
쪽으로 나뉜다. 당신은 이제까지 오른쪽으로만 갔다. 어쩐
지 왼쪽으로는 걸음이 잘 떨어지지 않았다. 이상하게도 왼
쪽 방향에는 낮에도 인적이 드물다. 밤바람을 쐬러 매일 밤
말레콘에 나오는 수백 명의 아바나 시민들도 기념물 왼쪽
으로는 자리를 잘 잡지 않는다. 오른쪽은 아바나 항구와 카
피톨리오가 있는 아바나 비에하 지역으로 이어진다. 왼쪽
은 베다도 지역으로 듣기로는 아바나의 신도심쯤 되었다.
당신은 새 길을 가보기로 한다.

메인함 희생자를 추모하는 기념물 바로 왼편에는 쿠바 독립운동의 영웅 호세 마르티의 동상이 세워져 있다. 한쪽 팔에는 어린아이를 안고 다른 한쪽 팔은 쭉 뻗어 어딘가를 가리키고 있다. 힘찬 동작에 재킷 사락이 깃발처럼 펄럭인다. 1895년 스페인과 독립전쟁을 벌이다 전장에서 희생된 지지난 세기의 이 영웅은 미래를 말하기 위해 그곳에 세워졌다. 당신은 어린아이와 앞을 향해 곧게 뻗은 손가락이 보편적으로 무엇을 상징하는지 알고 있다. 쿠바의 미래는 반석처럼 굳건히 벌리고 선 영웅의 두 다리에 의해 받쳐졌다.

　　당신은 호세 마르티의 손가락을 따라 왼쪽으로
걸음을 옮겨본다. 여전히 망설여지기는 하지만 조금 용기
를 낸다. 호세 마르티의 곧은 손가락 앞에는 반제국주의 광
장이 있다. 당신이 며칠 전 헤비메탈 페스티벌을 봤던 곳이
다. 지금은 스케줄 없이 텅 빈 곳. 인적은 없다. 도로를 달
리는 차량도 줄었다. 낚시꾼도 눈에 띄지 않는다. 당신은
시계를 보고 다시 오른쪽을 본다. 오른쪽 길엔 익숙하고 낯
익고 친숙한 온갖 것이 있다. 당신은 본분을 상기한다. 당
신은 아바나에서 낯선 길에 도전해야 할 여행객이다.

당신은 오늘 센트로 아바나의 반대편, 아바나의 중심 카피톨리오로부터 멀어지는 방향으로 가보기로 했다. 호세 마르티가 가리키는 방향, 동상의 발치에는 반제국주의 광장이 있다. 철골 구조의 거대한 아치가 몇 개나 공중을 가로질러 있고, 광장 양편을 따라 조형물들이 줄지어 늘어서 있다. 아치를 지나 광장의 끝 지점에 이르면 대공연을 위해 설치된 상설 무대가 보인다.

당신은 계속 왼쪽으로 나아간다. 상설 무대 옆면에는 당신이 나중에야 뜻을 알게 된 "조국이냐, 죽음이냐"라는 문구가 쓰여 있다. 다른 면에는 "승리하리라"라는

문구가 이어져 있다. 문구들 뒤편에는 당신이 국기 게양대로 알고 있는 굵은 쇠기둥들이 빼곡히 박혀 있다. 깃발은 쿠바 국기 한 장만 올라가 있다. 당신은 나중에 그것이 '깃발의 벽'임을 알게 된다. 쇠기둥 깃대 138개로 벽을 쌓아 굳이 가리려고 했던 것은 미국 대사관 건물이다. 당신은 이제 호세 마르티의 굽힐 줄 모르는 손가락이 무엇을 지목하는지 확실히 보고 있다. 스페인에 이어 쿠바를 지배했던 제국주의 미국의 대리인이다.

———

　　아바나의 명물은 말레콘이고, 말레콘의 명물은
낚시꾼이다. 말레콘의 낚시꾼들은 서울 한강변의 낚시꾼
들처럼 휴일이나 점심시간에 짬을 내서 나와 낚시를 던지
는 아마추어들이 아니다. 말레콘의 물고기들은 한강의 물
고기들처럼 휘발유 냄새가 난다든가 살이 푸석푸석해서
먹을 수 없는 물고기들이 아니다. 말레콘의 낚시꾼들은 아
침에 말레콘으로 출근해, 미친 태양 아래 종일 물고기를 잡
다가 해가 지면 퇴근을 한다. 근처 레스토랑에서 이들이 잡
은 물고기들을 사러 직접 말레콘에 오기도 한다. 잘 차려입
은 정장의 사내가 낚시꾼들과 물고기값을 흥정하는 모습

말레콘

도 볼 수 있다. 당신이 오늘 저녁에 먹은 생선 필레 요리는, 오늘 아침에 말레콘에서 건져 올린 물고기로 만들었을 가능성이 크다.

　　말레콘의 낚시꾼은 등만 보여주는 존재다. 당신은 얼굴이 아닌 그들의 등에서 표정을 읽어야 한다. 그들이 바다의 물고기와 씨름할 때의 표정, 작업이 절정에 이르는 순간 희열에 찬 표정은, 당신 자신이 그들 앞에서 표적이 되지 않는 한 거의 알 수가 없다. 당신은 그들이 등을 돌리거나 방파제에서 내려왔을 때야 비로소, 물고기를 잡았는지 놓쳤는지 알 수 있다.

　　　　말레콘의 바닷바람을 정면으로 받아내고 있는
저 가정집은 사람이 살 수 있을 만한 상태는 아닌 것 같지
만, 보란 듯이 빨래가 널려 있다. 6차선 도로를 건너면 바
로 방파제이고 그 너머는 대서양. 플로리다 해협의 파도는
방파제를 가뿐히 넘어 도로까지 흠뻑 적셔놓는다. 기상이
좋지 않은 날 밤에 나가보면, 방파제를 넘어온 파도의 포말
이 유령의 손아귀처럼 허공을 가로지르는 광경을 볼 수 있
다. 그렇게 차도 건너편까지 날아온 세찬 바닷물이 돌로 된
가정집의 표면을 야금야금 갉아먹는다.

말레콘

어쩌면 집의 내부는 전혀 다를 수 있다. 1층 현
관을 열고 들어가면 은은한 조명이 비치는 열대어 수족관
에, 부드러운 공단이 덮인 소파가 있고, 발바닥을 푹신하게
감싸는 카펫에, 생화로 장식된 성모 마리아상이 나타날지
도 모른다. 거친 환경에서도 집 내부는 얼마든지 근사할 수
있다. 하지만 당신의 눈길을 끄는 것은 낡을 대로 낡은, 우
묵우묵 홈이 패고 떨어져 나간 건물의 피폐한 외부다. 그런
데 그 상흔처럼 짙게 드리워진 쇠락의 증거들을 부정하며,
2층 베란다에 원색의 빨래들이 널려 펄럭인다. 무채색 배
경을 부정하는, 생명이 거기 살고 있음을 보여주는 눈 시린
은유들처럼.

아바나는 사진을 찍으며 놀기에 최적화된 여행지다. 방파제를 뜻하는 말레콘은, 쿠바의 수도 아바나의 북쪽 해안을 가로지르며 길게 뻗어 있는 도로이자 산책로이고, 사진을 찍으러 아바나에 온 여행자들에게 가장 사랑받는 출사 명소다. 동쪽 끝 프라도 거리의 교차로에서 말레콘을 따라 걷기 시작한다면, 서쪽 끝 베다도 지역의 알멘다레스강 하구에 이르기까지 빠른 걸음으로도 한나절은 걸리지 않을까. 그리고 그 한나절 동안 당신은 매력적인 풍광을 마주하는 대신 갖은 고초를 겪을 수도 있다. 열대의 장대비

나 거친 파도의 손아귀에 휘둘릴 수도 있고, 이마에 바른 선크림이 더운 땀방울에 녹아내려 눈을 뜰 수 없게 될지도 모른다.

이 늙고 단순하고 물러설 줄 모르는 불굴의 낚시꾼 같은 말레콘은, 1902년부터 당신 같은 여행객들을 상대해왔다. 말레콘은 즐거움만을 주지 않는다. 고통은 말레콘이 준비한 또 다른 선물이다. 목마름과, 이런저런 사고와, 격렬한 햇볕에 반비례하는 어두운 상념 속에서 문득 당신은 중얼거리게 된다. 고통과 즐거움은 서로 다르지 않으며 에스프레소의 쓴맛처럼 고통이 때론 즐거움의 풍미를 더 깊게 할 것이라고.

　　말레콘은 중독성이 있다. 아바나에 짐을 푼 지
이틀 만에 당신은 중독된다. 아침을 먹고 옷을 차려입고
숙소를 나와 지정된 스케줄이라도 되는 양 말레콘을 떠돈
다. 당신의 고개는 늘 말레콘을, 말레콘에 와 부딪는 파도
를, 파도를 밀어내는 플로리다 해협의 바다를 보느라 왼쪽
으로, 오른쪽으로 돌아가 있다. 매 순간 스펙터클한 풍경
이 펼쳐진다.

　　하지만 중독은 스펙터클함에 의한 것이 아니다.
쉴 새 없이 와 부서지고 포말을 날리는 파도들 때문도 아니

다. 당신은 끝없이 밀려드는 파도를 보면서, 실은 당신 자신
을 보는 것이다. 당신의 실존에 끊임없이 그어지는, 그러면

서도 금세 스러지곤 하는 주름을 보는 것이다. 상념. 행복
했던 한때이든, 불행했던 한때이든, 또 미래의 행복이나 불
행에 대한 불안까지 드리워진 상념에서 당신은 헤어날 길
이 없어진다. 말레콘에서 당신은 상념에, 당신 자신에 중독
된다. 알면서도 당신은 말레콘의 산책길에서 벗어나지 못
하고, 다음 날에도 다시 찾는다. 당신은 당신 자신의 삶이
주는 옅은, 희박한 고통을 놓고 싶지 않다. 삶의 고통은 아
직 참을 만하고, 심지어 적당히 즐길 만하다.

　　　　말레콘을 걷다 보면 바다가 하루에도 몇 번이나 낮빛을 바꾸는 광경을 보게 된다. 에메랄드그린이다가 쥐색이다가 흐린 회색이기도 하고, 깊은 코발트색이다가도 반짝이는 남색이기도 하고, 무서운 칠흑이 되기도 한다. 말레콘의 바다가 드러내는 다양한 색깔은 당신이 가진 빈약한 단어로는 표현할 길이 없다. 아바나에서 언어의 무능력을 깨닫는 데는 오래 걸리지 않는다. 때문에 아바나에 온 여행객들은, 말 그대로 집채만 한 파도가 말레콘을 덮치는 나쁜 날씨에도 카메라를 들고 밖으로 나온다.

여행객들은 도로 건너편에 버티고 앉아, 거대한 파도가 인간이 만든 콘크리트 방파제를 때리는 모습을 끈기 있게 사진에 담는다. 파도는 말레콘 산책로를 얼금뱅이로 만들고, 구멍을 뚫어 바닷게들이 살 집을 마련해주고, 차도를 점령해 차량들을 우회하게 하며, 도로 건너편 건물들까지 흠뻑 적셔놓는다. 종종 당신도 적셔놓는다. 마음도 함께 젖는다. 말레콘의 파도는 방파제를 때려 부숴버릴 만큼 힘이 세다. 그 힘은, 방파제뿐 아니라 그것을 보는 여행객의 마음까지도 부

쉬버린다. 그래서 아바나를 찾은 여행객은, 자신의 부서진
마음을 어쩌지 못하고 다시 한 번 이곳을 찾는 것이다.

당신은 아바나에서 카메라 세 대를 썼다. 첫 번째 카메라는 열흘 만에 고장이 났다. 비 오는 날에 우산을 쓰고 밖으로 나왔는데, 메고 나온 백팩에 카메라가 들어 있었다. 당신은 태평양 건너 한국에 메일을 보내야 했다. 당신은 와이파이 존을 찾아 걸었고, 그런 다음 아바나에서의 빗속 산책을 즐겼다. 어느 빌딩 앞에서는 폭우를 피하고 있는 외국인 여행객들을 만나기도 했다. 우산이 있었던 당신은 좀 우쭐해하기까지 했다. 문제는 백팩이 살짝 열려 있었다는 사실이었다. 빗속 풍경을 찍고 카메라를 넣은 다음 지퍼를 채우지 않았던 것이다. 뒤늦게 꺼내보니 카메라에서 물줄기가 쏟아졌다. 빗물이 가방 안에 고여 출렁거렸다. 그제야 비를 피하던 외국인들이 당신을 보며 왜 웃었는지 알았다. 어느 멍청한 동양인이 폭우 속에서 우산을 들고 뿌듯한 표정으로 서 있는데, 백팩 아래로 빗물이 줄줄 흘러내리고 있었던 것이다.

그날의 당신을 생각해보자. 당신은 열대성 폭우가 어떤지 정말 몰랐을까. 굳이 비 내리는 거리 풍경을 찍

고 메일을 보내야 했을까. 그런 일이 생길 줄 정말 몰랐을까. 부당한 어떤 행복, 털어놓을 수 없는 모종의 행복을 누리고 있는 당신 자신을 벌주고 싶었던 것은 아닐까. 당신에게 가장 요긴한 물건을, 당신 자신이 빼앗아가는 형태로.

처음 쿠바 여행 스케줄이 잡혔을 때, 현지에서 일정을 도와줄 코디네이터로부터 간단히 쿠바를 소개하는 메일이 왔다. 소개는 단 네 마디였다. "쿠바는 덥고 습한 나라입니다." 당신이 말레콘에 첫발을 들여놓은 날에 비가 왔다. 장대비가 수시로 쏟아지다 그치다 하며 말레콘을 온통 적셔놓았는데, 시야 끝에서 미친 태양이 눈을 찔러왔다. 빗줄기와 파도의 포말에 어깨와 장딴지가 축축하게 무거워지는데도, 이마와 뺨은 햇볕에 데어 화끈거렸다. '덥고 습하다.'는 표현은 후텁지근하다거나 찜통더위라기보다는

'미친 태양이 내리쬐면서 동시에 미친 폭우도 쏟아질 수 있다.'는 뜻에 가깝다.

아바나 거리에서 우산을 쓰고 다니는 사람은 많지 않다. 비가 쏟아지면 근처 빌딩 처마 아래로 들어간다. 말레콘에서 놀던 젊은이들은 비가 오기 시작하면 차도를 건너 가까운 빌딩으로 피했다가 비가 그치면 다시 말레콘으로 나와 논다. 우산 없이 폭우 속을 잰걸음으로 뚫고 가는 행인도 흔하다. 우산을 파는 상점도 많지 않다. 왜 우산을 쓰지 않느냐고 물어본 적은 없다. 어쩌면 적은 비가 한나절 계속되는 한국과는 성격이 다르기 때문일 수도 있다. 이곳 폭우는 몇십 분 미친 듯이 쏟아지다가 갑자기 뚝 그친다.

카메라를 잃고 나서 당신은 아마 심각하게 우울했을 것이다. 숙소를 나서자마자 그 어떤 것도 사진에 담아갈 수 없다는 사실이 둔중하게 뒤통수를 끌어당겼다. 아바나의 번화가를 가도 카메라는 찾을 수 없다. 한국의 사진관처럼 인화를 해주는 점포를 가도 카메라는 팔지 않는다. 며칠을 헤맨 끝에 마침내 당신은 비극을 합리적으로 승화할 방도를 찾는다. 글의 자료로 쓸 사진은 휴대전화 카메라로 찍고, 멋진 풍경은 플래시 메모리 대신 당신 기억에 담아가기로.

'기계 눈' 없이 다니면서 문득 깨닫기도 했다. 카메라의 앵글을 통해 세상을 보는 것보다 맨눈으로 훨씬 많은 세상을, 훨씬 넓은 세상을 볼 수 있다는 사실을. 손바닥 반만 한 카메라의 액정 디스플레이에는 진짜 세상을 담을 수 없었던 것이다. 좌와 우가 잘린 세상, 위와 아래를 날린 세상. 그러니까 포커스를 맞추고 앵글에 맞게 적당히 잘라낸 세상만을 당신은 보고 있었던 것이다.

그렇게 해서 당신은 기계 눈에서 해방되었다. 초코파이를 얻으러 크리스마스에만 교회를 찾던 1970년대의 어린 당신처럼, 평소에 절 근처에는 가지도 않으면서 돈오頓悟, 갑작스러운 깨달음을 얻은 자처럼 경박한 홀가분함을 느끼기까지 한다.

말레콘

아바나 숙소에 도착해서 텔레비전을 틀었을 때 노이즈가 잔뜩 낀 화면에, 한눈에도 공영방송에서 만든 티가 나는 프로그램들이 쏟아져 나와 실망하기도 했다. 발코니에 나가보니 1980년대 당신 집에서 쓰던 야기 안테나가 설치되어 있었다. 야기 안테나는 바람이 불면 방향을 다시 잡아줘야 하고, 얇은 금속으로 만든 도선이 꺾여 못 쓰게 되기도 한다. 아바나에 케이블 방송은 없다. 가정집엔 인터넷이 들어오지 않아 야외에 마련된 와이파이 존을 이용해야 한다. 당신이 한국 집에서 하던 일들을 떠올려보자. 집

말레콘

에 돌아오면 습관적으로 텔레비전을 켜고, 밥을 먹으면서
도 휴대전화로 SNS의 타임라인을 확인한다.

　　　당신은 볼거리가 많은 나라에서 왔다. 아바나
에서 보내는 일상이 벌써부터 지루하게 느껴진다. 하지만
볼거리가 많다는 것은 당신이 소파에 앉아 줄곧 텔레비전
과 휴대전화만 들여다본다는 뜻이기도 하다. 반면에 볼거
리가 없다는 말은 당신이 스스로 볼거리를 찾아 나서고, 스
스로 볼거리를 창출하고, 스스로 볼거리가 되기 위해 엉덩
이를 떼고 바깥으로 나가야 한다는 의미이기도 하다. 아바
나의 시민들이 거실에 캔버스를 놓고 그림을 그리고, 플로
리다 해협을 등지고 앉아 트럼펫을 불고, 광장에 이천 명씩
모여 살사 댄스를 추고, 프라도 거리에서 시민 노래 경연을
벌이듯이.

언젠가 노을에 물든 구름이 매우 아름다워, 차
도를 건너려고 함께 기다리던 트럼펫을 든 친구에게 말을
건 적이 있다. 당신이 카메라 셔터를 눌러대며 저것 좀 보
라고 손가락으로 가리키는 동안에도, 그 트럼피터는 황
홀경에 넋 나간 당신의 얼굴을 더 오래 쳐다봤다. 그러고
는 총총히 차도를 건너갔다. 현지인들에게 아바나의 풍광
은 공기나 물처럼 일상적이고 흔한 것이어서, 굳이 당신처
럼 감명받아 부산을 떨 일이 아닌지도 모른다. 여행객들이
야 온갖 볼거리를 사진에 담아 SNS에도 올리고 자기 나라

에 돌아가도 어제 일처럼 간직하고 싶겠지만, 현지인들이
그럴 이유가 있을까. 스페인 식민지풍의 백 년 된 석조건물
이 집이고, 말레콘의 바람은 거리로 나서면 그저 불어오고,
수시로 낯빛을 바꾸는 하늘도 창문만 열면 거기 있을 텐데.
이 모든 게 날 때부터 자신을 둘러싼 삶의 조건이자 배경일
텐데.

무엇보다 그들 자신이 아바나에서 가장 볼만한
피사체인데. 사진은 휘발될 운명의 추억에 물성을 부여해,
한정된 형태로나마 현실에 붙잡아두는 역할을 한다. 당신
은 그러니까 그들을 당신의 남은 생애만큼 당신 곁에 붙잡
아두고 싶었던 것이다. 어떤, 궁극적인, 아름다움의 표상
으로.

아바나는 무작위 여행이 더 어울릴지도 모른다. 계획 없이 쏘다닌다 하더라도 아바나는 당신을 심심하도록 내버려두지 않는다. 당신은 아바나에 떨어진 지 한 달이 지나도록 가이드북도 읽지 않았다. 무작위로 길을 떠나 걸음을 멈추면 그곳이 가볼 만한 곳이 되고, 어제 걸었던 길을 또 걸어도 또 다른 볼거리가 나타났다.

말레콘에서 마주친 저 뮤직비디오 촬영 현장은, 당신이 가이드북을 보고 스케줄을 짜 모범적인 여행을 했다면 결코 못 봤을 광경이다. 말레콘은 경치가 아름답고 세

아바나의
시민들

트를 설치할 공간이 넉넉하고 광량도 풍부해 갖가지 촬영
이 이뤄진다. 게다가 바람이 강해 굳이 강풍기로 머리카락
을 날리는 연출을 할 필요도 없다. 쿠바의 뮤직비디오는 쿠
바가 사회주의 국가라는 사실이 믿기지 않을 정도로 자유
주의적이다. 라틴 댄스 음악에 맞춰 여성 댄서들이 춤을 추
기 시작하면 뒤편 세트의 문이 열리고 선글라스에 치렁치
렁한 목걸이를 한 남성 가수가 온몸을 불량하게 흔들며 등
장한다. 설정이야 섹시 댄스겠지만. 당신은 다리가 아플 때
까지 구경꾼의 자리를 지킨다. 감탄스러운 무작위의 혜택.
바로 이런 우연한 즐거움 때문에 당신은 낮이고 밤이고 숙
소에 붙어 있는 법이 없었다.

우르르 몰려다니며 장난을 치고 노래를 부르고
수다를 떠는 것은 아바나의 학생들도 마찬가지다. 하지만
그들이 몰려다니는 장소는 유흥가가 아니라 말레콘이다.
군함이 성냥갑만 한 크기로 보이는 플로리다 해협이 황홀
한 빛으로 일렁이고, 파도 소리는 인간의 것이라면 무엇이
든 묻어버릴 기세이며, 시퍼런 하늘의 흰 구름은 미켈란젤

로의 천장화를 대서양 사이즈로 확대해놓은 듯하다. 자연의 예술작품 같은 말레콘에, 수업이 파한 오후나 휴일이면 아바나의 학생들이 떼로 몰려든다. 아침나절에도 교복 차림의 학생을 볼 수 있지만 왜 이 시간에 여기 있는지 궁금해하지 말자. 성인의 삶보다 견디기 힘든 학생의 삶이라는 건 아바나도 같지 않을까.

　　　말레콘을 산책하며 이런 학생들을 만나면 카메라를 들었다. 그러면 그들은 어떻게 알았는지 뒤돌아 나를 보며 까르르까르르 웃음을 터뜨린다. 멋진 풍경을 백그라운드로 두고 '셀카'에 여념 없는 것도 여느 도시 학생과 마찬가지. 무척이나 자연스러운 나머지 애초부터 거기 있었던 것처럼 보인다. 풍경 자체이자, 풍경에서 자라 나온 듯이 보인다. 그들은 두 팔을 높이 들어 올리며 한순간 파도처럼 넘실댄다.

아
바
나

비
에
하

　　　　당신은 어두운 피부의 매력을 알아가고 있다. 당신이 가까이에서 실제로 흑인을 본 건 1990년대 중반 의정부의 한 병원에서였다. 입원실 문이 열리고 간호사가 들어섰는데, 새하얀 유니폼에 새까만 얼굴을 하고 있어 매우 놀랐던 기억이 난다. 그 몇 년 후 인도 배낭여행 때는 델리에 짐을 푼 다음 날, 시장을 지나가는데 농구 골대처럼 키가 큰 흑인이 다가와 자기도 여행 왔다며 반갑게 악수를 청한 적이 있었다. 태어나 처음 잡아본 흑인의 손이었다.

　　　　이제 당신은 흑인이 낯설지 않다. 낯설기는커

녕, 그들이면 꽤 멋진 사진을 찍을 수 있다는 사실을 깨닫고 있다. 아바나 비에하의 낡은 가정집 3층에서 거리를 내려다보는 청년은 아바나에서 흔히 볼 수 있는 물라토의 육체를 가졌다. 반곱슬머리, 긴 팔과 다리, 날씬한 허리, 윤기 나는 초콜릿색 피부와 뚜렷한 이목구비. 당신은 일부러 그렇게 빚기도 힘들 육체를 훔쳐보며 감탄하고 또 사진을 찍는다. 하지만 어느새 외지인을 발견한 청년은 정색을 한다. 당신은 곧 카메라를 내리고 자리를 뜬다. 살짝 겁을 먹은 것이다. 젊음이란, 이미 그 시기를 지나온 사람들을 두렵게 만드는 무엇이다.

말레콘은 바다 건너 모로성의 등대가 마주 보이는 곳에서 끝난다. 아바나만의 시작 지점이자 아바나 항구가 있는 곳이다. 그렇다고 당신의 산책길도 같이 끝난 것은 아니다. 당신은 아직 한두 시간은 더 사랑하는 바다를 바라보며 걸을 수 있다. 그리고 그다음에는, 바다에 면한 당신의 산책로가 커다란 창고 건물 속으로 사라지는 것을 보게 된다.

그 건물은 '알마세네스 산 호세'라고 하는, 아바

나의 미술품 상설 시장이다. 당신이 미술에 흥미가 있다고
하자, 코디네이터가 아바나 남쪽으로 가면 화상들이 모인
창고 건물이 있다고 일러준 기억이 난다. 가이드북에는 나
오지 않지만 쿠바 미술 작품을 사러 온 여행객들로 늘 북적
인다. 이곳도 그저 걷다가 우연히 찾아냈다. 단층 창고를
개조한 건물이지만 얼마나 큰지 한 번에 다 둘러볼 수도 없
다. 코디네이터는 이미 한국의 화상들도 왔다 갔다고 했다.
한국에서 쿠바 미술에 투자하기 시작했다는 말이다. 알마
세네스 산 호세에서는 별의별 그림들을 다 만나볼 수 있다.
추상에서 구상, 리얼리즘에서 모더니즘, 파블로 피카소의
후예들에서 프리다 칼로의 자매들까지, 없는 그림이 없다.
당신의 사라진 산책로는 어느새 쿠바 미술의 너른 지평으
로 꾸물꾸물 퍼져나가고 있다.

저 청년이 기대선 문간의 위편에 보이는 작은 간판이, 당신이 숙소를 잡을 때 찾아야 할 표식이다. 화살표 두 개가 위아래로 붙은 것 같은 기호는 정부에서 허가받은 숙박업소(민박집에 가깝다)라는 뜻이다. 아바나는 인터넷이 거의 되지 않는다(하지만 빠르게 개방되고 있어서 당신이 휴가를 떠날 땐 사정이 다를 수 있다). 때문에 바르셀로나나 파리의 숙소를 정할 때처럼 인터넷으로 예약을 할 수가 없다. 당신은 직접 두 발로 걸어 다니며 저 표식을 찾아야 하고 두 눈으로 방을 골라야 한다. 이는 여행의 또 다

른 즐거움이(아니면 괴로움이) 될 것이다. 물론 아바나에
는 숙박업소가 길가의 야자수만큼이나 많기 때문에 선택
지는 아주 넓다.

두 중년 남녀가 차마 다가서지 못하고 목만 길게 빼고 들여다보는 저 노점은 길거리 음식을 팔고 있다. 당신은 한국만큼 길거리 음식을 파는 노점이 많은 나라를 못 봤다. 아바나에도 길거리 음식이 있지만 수에서 한국에 한참 못 미친다. 오비스포나 프라도 거리에나 가야 사진 같은 노점을 볼 수 있다. 아바나의 길거리 음식은 케이크나 과자 종류인데, 색도 모양도 다양하지만 대개 식감은 축축하고 맛은 열대라 그런지 설탕맛 하나만 난다. 정말 오직 축축한 설탕맛. 당신 입에는 어쨌든 그렇다.

당신은 항상 다른 사람의 시선에 주의를 기울인다. 저 사람이 보고 있는 곳, 저 사람의 눈길이 가서 박힌 곳. 당신은 다른 사람의 눈길이 가리키는 곳에 종종 흥미를 느낀다. 거기엔 왕왕, 당신의 눈이 스스로는 찾아내지 못하는 어떤 것이 있기 때문이다.

　　보안등에 왜 운동화를 걸어놓았을까. 당신은 사
진을 찍고는, 아마도 학생들이 졸업을 기념하기 위해(당신
세대에서는 졸업식 날 밀가루를 뿌리고 칼로 교복을 찢었
다) 학교에 다니며 신었던 운동화를 기념으로 걸어놓는 것
이 아닐까, 생각했다. 그리고 당신은 이것과 비슷하게 운동
화를 걸어놓은 전깃줄을 뉴욕 브루클린의 변두리에서 또
본다. 그때는 운동화가 네 배는 더 많았고, 근처에 학교는
없었다.
　　며칠 전에야 당신은 공중에 널어놓은 운동화가

마약 거래 장소의 비밀 표식일 수 있다는 사실을 알았다.
첫 섹스 이후 동정을 잃었다는 표시라는 해석, 그래피티 아
티스트들이 작업 후에 남기는 서명이라는 해석도 있었다.
마약이라니. 쿠바는 미국과 외교를 단절하면서 멕시코나
아이티 같은 친미 성향의 주변국과는 다른 길을 걸었다. 특
히 멕시코는 미국의 마약 생산 유통 기지 역할을 떠맡았다.
쿠바는 다르다. 당신은 아바나의 뒷골목에서 매춘부는 봤
어도 마약쟁이는 보지 못했다. 아바나의 으슥한 뒷골목에
는 사랑에 중독된 달달한 아베크족이나 트럼펫을 삑삑거
리는 아마추어 뮤지션들밖엔 없다. 하지만 미국과 통상 관
계가 정상화되면 불행히도, 아바나 역시 중남미의 마약 도
시들 중 하나가 될 가능성이 활짝 열릴 것이다.

아바나 비에하의 어느 골목에 가면 '아프리카의 집^{Casa de Africa}'이라는 건물이 있다. 어느 날 흥겨운 음악 소리가 들려 들어가봤더니, 흰옷을 입은 여성들이 한국의 마당놀이 같은 일종의 악극을 공연하고 있었다. 한 마을, 혹은 한 문명의 탄생 설화를 형상화한 듯했다. 씨앗을 뿌리고 농사를 짓고 물레를 돌리고 과일을 수확하고 이웃들과 결실을 나눈다. 재밌는 점은 남성들의 역할이다. 일을 그르치거나 괜한 잔소리로 여성들 일에 방해나 된다. 여성들은 남성들을 하나하나 무대에 불러 뻘쭘하게 세워놓고 노골적

으로 놀리고 야단치고 혼을 쏙 빼놓는다. 배우들의 능력은 놀라울 정도인데, 연기, 노래, 춤, 악기 연주를 모두 감탄이 나올 수준으로 보여준다.

이곳은 아멜 거리처럼 아프리카 문화와 관련이 있다. 무대 뒤편에는 아프리카 대륙 전도가 걸려 있고, 아프리카 토속 조형물 전시장도 있다. 하지만 당신은 아멜 거리에서 가졌던 것과 똑같은 의문을 품는다. 방금 본 그것이 정말 아프리카 문화일까? 일단 배우들이 흑인은 아니지 않은가. 물라토가 다수이고 백인까지 있다. 하지만 의문 이전에 공연이 너무 재밌어서, 다시 한 번 들르고 싶었다. 물론 '아프리카의 집'이 있는 그 골목을, 당신은 다시 찾아내지는 못했다.

당신은 이제껏 만날 수 있는 사람들만 만난 셈이다. 이는 아바나 시민들의 삶을 이해하는 데 있어 중요하다. 여행하며 만나는 사람들은 대부분 직장에 나가지 않는 노인과 어린아이들뿐이다. 당신의 생활을 도와준 코디네이터의 백인 남편처럼 번듯한 사업체를 꾸리며 주중에 정신없이 직장 생활을 하는 많은 시민들을 당신은 만나본 적이 없다. 어딘가 눈에 띄지 않는 곳에서 일하는 시민들은 당신이 만날 수 없다.

당신은 이제껏 아바나의 한정된 모습만 본 셈이

다. 이를테면 서쪽 강 하구를 건너 비교적 부촌인 미라마르
지역에나 가야 거리에서 유색인종보다 백인을 더 많이 볼

수 있다. 당신은 서너 번 그곳에 가보고 나서야 그 사실을
알아챘다. 당신이 유네스코 문화유산으로 지정될 만큼 정
취 있는 아바나 비에하에만 머문다면, 당신은 아마 찢어지
게 가난한 혼혈 서민들의 삶만 보게 될지도 모른다. 문 앞
에 신문 두 장을 걸어놓고 꾸벅꾸벅 졸고 있는 노인이나 바
지만 입고 뛰어노는 개구쟁이들. 한동안 살아보지 않은 곳
에 대해서 함부로 말해선 안 된다. 당신은 아바나 시민들의
불행들을 흘끗 엿보기도 했지만, 말 그대로 그저 흘끗 본
것에 불과하다.

당신은 어제도 아바나를 걸었고 그제도 아바나
를 걸었고 오늘도 아바나를 걷고 있다. 당신은 석 달이나
아바나의 거리를 걸었다. 아바나를 걷는 일은 아바나 시민
들도 때로는 하기 힘든 일이다. 사진의 여성처럼 뙤약볕은
현지인에게도 견디기 힘든 것이고, 부채로 이마를 가려도
별 도움이 되지 않는다. 햇볕은 부채쯤이야 가볍게 뚫고 들
어온다. 실제 기온은 그리 높지 않다. 당신은 열대의 나라
가 생각만큼 덥지 않다는 사실에 깜짝 놀랄 수 있다. 여름
평균 기온은 그리 높지 않고 최고점도 한국 정도다. 당신을

지치게 하고, 인내하게 하고, 결국 자신을 넘어서게 하는
것은 태양, 미친 태양뿐이다. 아바나에서 서늘하게 그늘진
골목을 찾는 일은 힘들다. 택시 한 대 지날 좁은 골목에도
격렬한 볕이 가득 차 야수처럼 꿈틀거린다.

아바나에서 끝없이 걷는다는 것은, 당신에게는 아바나에 대한 독서 행위나 마찬가지다. 낱말을 읽듯 집집마다 기웃거리고, 행간을 읽듯 골목마다 헤집고 다니고, 문단을 읽듯 지역을 훑는다. 나중엔 책 전체의 흐름을 이해하는 듯 아바나 전체를 알게 되거나, 알게 되었다고 자신을 속이게 된다. 당신은 글을 쓰는 사람이라기보다는 읽는 사람에 더 가깝다. 읽는 걸 더 좋아하고, 읽는 데 더 많은 시간을 들이고, 쓰는 건 포기해도 읽는 건 포기할 수 없다. 당신은 당신에게 주어진 것이라면 무엇이든 일단 읽으려 든다. 사람이든, 책이든, 음악이든, 영화든, 도시든. 그래서 낯선 도시에 도착해 서점을 만나면 고향처럼 살가운 마음이 드는 것이다. 비록 당신이 읽을 수 있는 책이 한 권도 없을지라도.

아바나 비에하에서 주로 볼 수 있는 주택은 '카

사^{casa}'라고 불리는 다세대 주택이다. 당신이 아바나의 구도

심에서 숙소를 구한다면, 2~3층 규모의 카사에서 방을 얻

게 될 것이다. 한국과 비슷한 아파트나 단독주택은 베다도

지역이나 미라마르 지역에 가야 볼 수 있다. 같은 다세대주

택이라도 각 세대의 프라이버시를 꼼꼼히 따지는 한국과

달리, 아바나의 카사는 좀 더 개방적으로 구성되어 있다.

카사 가운데 커다란 안마당이 들어와 있어 각 세대가 마주

보도록 되어 있기 때문이다. 창문도 안쪽으로 나 있어 서로

창문으로 건너다보며 집 안을 살펴볼 수도 있다. 믿기지 않

겠지만, 당신이 들렀던 카사의 어느 집도 창문에 블라인드

를 친다든가 해서 이웃의 시야를 꽁꽁 막아놓지 않았다. 창
가에 기대 이웃끼리 두런두런 이야기를 나누는 광경도 흔
히 볼 수 있다.

안마당에는 지붕이 없다. 지붕이 없기 때문에
햇볕이 곧장 카사 안으로 들이비친다. 폭우가 오면 빗물이
바로 건물 안으로 쏟아진다. 카사의 층고가 꽤 높은데도 안
마당은 늘 햇살로 가득하다. 사진 속 장소는 집 앞이나 동
네의 골목이 아니라 카사의 안마당, 집 안이다. 당신은 어
렸을 때 이웃들끼리 골목에 옹기종기 모여앉아 여름밤을
지새우던 일을 기억한다. 아바나에서는 안마당이 집 앞 골
목의 역할을 한다. 건물 안에 골목을 들여놓은 셈이다. 아
바나의 카사는 겉보기와는 많이 다르다. 겉모양은 현관 하
나에 창문도 별로 없고 우중충한 벽으로 둘러싸인 석조건
물이지만, 안쪽에는 볕이 환히 비치는 안마당에 정겹게 둘
러앉아 일상을 나누는 아바나의 시민들이 있다.

아르마스 광장의 엘템플레테 신전 앞에서 어린 학생들이 점심을 먹고 있다. 메뉴는 바게트 한 덩이와 요구르트. 사진 바깥의 선생 손에는 뭔가 더 들려 있을지도 모른다. 어떻게 저걸 한 사람이 다 먹을까 싶은 커다란 바게트는, 영양은 있을지 몰라도 당신을 위한 맛은 아니다.

쿠바 사람들은 피부색이 다양하다. 가이드북에 따르면 "백인과 흑인의 혼혈인 물라토가 37%, 유럽계 백인이 51%, 흑인은 11%다".★ 원주민인 인디오는 멸종됐다. 백인과 유색인종의 비율은 엇비슷하지만 거리엔 사진처럼 유색인종이 더 많다.

★ 남기성, 『처음 쿠바에 가는 사람이 가장 알고 싶은 것들』, 원앤원스타일, 2015년, 17쪽.

사진 속 배경의 신전에 들어가면 쿠바가 스페
인 식민지가 된 무렵을 묘사한 벽화가 뒤덮고 있다. 정확한
기억은 아니지만, 흰 피부에 중세 귀족 복장을 한 인물들,
미사를 집전하는 신부들, 그리고 벌거벗거나 백인 옷을 입
은 인디오 원주민들을 봤던 것 같다. 아직 흑인이나 물라토
는 등장하지 않는다. 그제야 당신은 신전의 바닥에 둔중하
게 가라앉아 있던 서늘한 기운을 깨닫는다. 당신은 아바나
에서 살아 있는 인디오는 본 적이 없다. 인디오는 국립미술
관의 역사화 속에 있었다. 그 그림에서 인디오는 흰 피부의
귀족과 기사들이 둘러싸고 구경하는 가운데, 나무 기둥에
묶여 화형을 당하고 있었다.

쿠바의 원주민인 인디오가 식민지 시절 백인에 의해 멸종됐다고 하자, 술자리의 다정한 한국 친구들은 믿기지 않는다는 눈치였다. 아무리 식민 지배자라지만 어떻게 한 인종 전체를 학살할 수 있을까? 그런 물음에는 백인에 대한 일말의 호감 내지는 신뢰감이 묻어 있다. 만약 학살이 흑인 짓이라고 했다면, 그들은 조용히 술잔만 기울였을지도 모른다. 인종 학살의 예를 찾는 일은 쉽다. 1772년 유럽인에 점령된 호주 태즈메이니아의 원주민도 같은 일을 당했다. 1830년이 되자 원주민은 5000명에서 72명으로

아바나의
시민들

줄었다. 노예로 쓰이다 가죽이 벗겨져 공물로 팔렸고, 살아 있는 남자들은 거세를 당했다. 마지막 원주민 남성은 1869 년에 죽었는데, 어떤 백인이 무덤을 열고 시신의 가죽을 벗겨 담배 파우치를 만들었다.*

　　인종 학살 같은 논란에서 그/그녀가 누구에게 호의적인가를 보면 그/그녀의 자아 이상이 무엇인지 얼핏 알 수 있다. 불행히도, 많이 배우고 버젓한 직장이 있고 먹고살 만한 인심 좋은 당신의 친구들은 "백인이 어떻게 그런 끔찍한 일을 저질렀겠어?" 하고 묻는다. 그들의 자아 이상이 백인인지, 모든 사회의 지배층인지는 분명치 않다. 하

★ 남기성, 앞의 책, 17쪽.

지만 어느 경우에도 멸종한 인디오의 편은 없다. 인디오는
자신들이 원하지 않은 경쟁에서 패배한 채로 사라졌고, 패
배한 인종은 아무래도 자아 이상으로 삼기 어려운 것이다.

　　　　　당신은 아바나를 표현한 영상들에 불만이 있다.
노트북에 넣어 아바나까지 가져온 〈부에나 비스타 소셜 클
럽〉에는 아바나의 빈곤함이 지나치게 강조되었다. 카메라
는 냉철하게, 현실을 있는 그대로 담지 못한다. 카메라는
자기 주인이 보는 현실만을 담는다. 고도로 발전된 독일에
사는, 그리고 틀림없이 부자일 빔 벤더스 감독의 기준에서
본 아바나는, 당신 눈에 비친 아바나보다 상대적으로 훨씬
가난해 보일 수 있다. 그래서 부자 감독의 영화 속 아바나
는 날씨가 가장 우중충한 날만 골라 찍은 것처럼 추레해 보

이는 것이다.

　　그렇다면 쿠바 뮤직비디오는 어떨까. 당신이 아바나에 와서 유일하게 접한 쿠바 영상물은 라틴 댄스 뮤직비디오뿐이다. 그리고 이번 아바나는 빈곤함은 사라지고, 너무 부유하게 채색됐다. 수영장이 딸린 마이애미풍 저택에서 흰 정장을 빼입은 가수가 글래머들과 춤을 추며 땀을 뺀다. 이번엔 남근주의가 눈에 거슬린다. 당신은 그런 뮤직비디오를 즐기는 아바나 비에하의 청년들이, 어떤 주택에 살고 거리에서 어떻게 노는지 알고 있다. 당신은 결국, 믿을 건 당신 자신의 사진뿐이라고 생각한다. 당신의 기계 눈이, 당신이 보는 아바나를 있는 그대로 냉철하게 남겨줄 거라고.

아바나 비에하

쿠바에 인간이 살기 시작한 건 4000년 전쯤이라
고 한다. 그 후 1514년경 원주민 인디오에서 스페인으로 주
인이 바뀌었고, 식민지 경영을 둘러싸고 스페인과 미국이
전쟁을 치른 끝에 1899년 쿠바는 미국으로 이양됐다. 이때
그 유명한 관타나모 미 해군기지가 쿠바 남부에 세워졌다.
이어 친미 독재 정권이 거듭 집권하다가, 1959년 카스트로
가 이끄는 혁명군이 사회주의 정권을 세운다. 원주민의 땅
에서, 스페인의 식민지에서, 미국의 꼭두각시 정권에서,
비로소 쿠바인 자신의 정부를 세우는 데까지 이른 것이다.

　　이제 쿠바는 진정한 주인을 되찾은 것일까. 식
민 지배자들인 스페인과 미국을 내쫓고 독립을 쟁취한 이
들이 쿠바의 주인일까. 하지만 카스트로가 이끈 혁명군도
실은 쿠바를 점령한 유럽인의 자손이고, 그 자손이 아프리
카에서 들여온 흑인과의 사이에서 낳은 혼혈의 또 다른 자
손이다. 말하자면, 식민지 경영자들의 후손이 유럽 본토의
조상들과 싸워 독립을 이뤄낸 셈이다. 그렇다면 혁명이 있
기 훨씬 전에 멸종한 인디오가, 이를테면 크리스토퍼 콜럼
버스의 상륙 이전에 살던, 카리브해란 이름의 기원이 된 카
리브족 원주민이 쿠바의 주인일까. 하지만 또 문제는, 그

원주민조차 불과 4000년 전에 그 땅에 뿌리를 내렸다는 사실이다. 그렇다면 쿠바의 진정한 주인은 벌레, 새, 나무들이라고 해야 할까.

이렇게 해서 쿠바의 주인은 누구인가, 하는 당신의 생각은 공허함의 개미지옥에 빠진다. 땅으로서의 쿠바와 국가로서의 쿠바는 전혀 다른 것이다. 당신은 처음부터 쿠바라는 국가의 주인은 누구인가 물었어야 했다. 그래야 스페인과 미국의 제국주의자들이 어차피 너희도 원주민을 죽이고 그 땅을 차지한 셈이 아니냐고 따져도, 쿠바 인민은 할 말이 있게 되는 것이다.

———

　　당신은 아바나의 학교를 구분하지 못한다. 당신
이 아는 학교라고 하면 우선 화단이나 낮은 담장이나 안전
철망으로 둘러싸인 넓은 운동장이 있고, 운동장 저쪽으로
교실로 쓰이는 건물 몇 동이 있고, 학교 이름과 교훈 같은
것이 쓰인 커다란 간판이 있는 장소다. 아바나에서 그런 학
교는 좀처럼 보지 못했다.

　　당신이 본 아바나의 학교는 평소에는 안을 들
여다볼 수 없게끔 되어 있다. 건물에 난 쪽문으로 교복을
입은 학생들이 드나들면 그곳이 학교다. 그렇다면 운동장

이 없을까. 쪽문의 열린 틈으로 살짝 고개를 들이밀면 안쪽
으로 꽤 큰 운동장을 볼 수 있다. 아바나는 대개 사진을 찍
는 데 제약이 없지만, 군사시설과 학교에서는 늘 경비에게

제지를 당했다. 학교 측이 정확하게 무엇을 보호하려는 걸까? 뭐겠어, 쿠바의 빛나는 미래지. 아바나의 학생들은 대개 차림새가 단정하다. 여학생이라면 밴드나 핀으로 곱슬머리가 풀어지지 않도록 묶고 남학생은 짧게 머리를 자른다. 신발은 운동화이고 눈에 띄는 과감한 액세서리는 없다. 학생들은 학교 밖에서도 교복을 입는 데 거리낌이 없다.

아바나에서 와이파이 사용하기. 경사로La Rampa의 주유소에서 50미터쯤 올라가면, 통신회사 에텍사Etecsa 간판이 붙은 작은 부스를 만나게 된다. 사람들이 여기저기 걸터앉아 휴대전화를 들여다보고 있으므로 찾기 쉽다. 그 부스에서 나우타Nauta 카드를 사서, 스크래치 부분을 벗겨 비밀번호를 와이파이 접속창에 입력하면 제한된 시간 동안 와이파이를 사용할 수 있다. 집속창은 와이파이 존에 들어서면 자동으로 휴대전화에 뜬다. 호텔 리브레의 교차로도 와이파이 존이다. 당신이 보물찾기 하듯 찾은 아바나의 와이파이 존은 네 곳. 다른 한 곳은 말레콘의 어느 호텔 앞인데 이곳은 되다 말다 하고, 나머지 한 곳은 센트로 아바나의 호텔 잉그라테라 뒤편 상가 밀집 지역의 작은 광장에 있다. 이곳엔 현지인이 많다. 이렇게 설명하면 알아듣기 힘들겠지만, 지금도 개방이 한창이니 당신이 이 글을 읽을 즈음엔 더 많은 와이파이 존이 생길 것이다. 와이파이 존을 찾는 가장 쉬운 방법은 휴대전화를 손에 든 사람들이 한데 몰려 앉아 있는 장소를 찾으면 된다. 이 방법은 다른 지방 도시에서도 통한다. 이를테면 산타클라라의 와이파이 존은 비달 공원에 있다.

하지만 와이파이 존을 찾아다니는 동안, 인터넷 없는 세계의 정겨운 장면과 마주칠 수도 있다. 아르마스 광장의 헌책 시장 한편에서 늙은 기타 선생과 어린 제자의 레

슨이 이뤄지고 있다. 선생과 제자가 통기타 한 대를 주거니
받거니 하며 한 번에 코드 하나, 한 번에 리듬 하나씩을 배
운다. 둘이 무슨 곡을 연습하고 있었을까. 당신이 아는 곡
이었던 것은 틀림없다. 린다 론스태드? 사이먼 앤 가펑클?
당신 눈에 그 광경은 단지 기술의 전수가 아니라 삶의 어떤
흐름 같았다. 삶의 많은 순간이 집 안이 아닌 공적 장소에
서 벌어지는 아바나적 삶, 그런 삶의 열린 흐름 같은 것이
었다.

───────

당신이 한국에서 마초였다면, 평소 습관대로 아
바나 여성을 대하다가는 큰코다칠지도 모른다. 쿠바는 명
함을 파도 아내의 이름을 먼저 올리고, 음식이 나와도 여성
앞에 먼저 접시를 놓는다. 우선 신체적으로 당신은 상대가
되지 않을 가능성이 크다. 아바나의 혼혈 여성은 대개 남성
못지않은 체격 조건을 가졌고, 흔히 보는 동양 남성보다 키
가 크고 팔다리가 길다.

당신은 걸그룹을 너무 많이 봤던 것인지도 모른
다. 그리고 이제 당신은 아바나의 거리에서, 자신의 이상형

아바나의
시민들

이 어떻게 형성된 것인지 추적하고 있다. 아바나에서 당신은 여행객이면서 동시에 사색가가 된다. 왜냐하면 이상형에서 생수까지, 당신이 아는 것 모두를 다시 생각해봐야 하기 때문이다. 아바나에서는 생수를 '워터'라고 부르지 않고 '아구아'라고 부른다. '워터'라고 쓰인 페트병을 사서 마셔보면, 칵테일을 만들 때 쓰는 탄산수가 들었음을 알게 된다.

당신의 이상형은 엔터테인먼트 회사의 기획자와 마케터가 만들어 던져준 것이었을 가능성이 크다. 아마 그럴 것이다. 당신은 그들이 텔레비전에 깔아주는 영상에 너무 오래, 자주 노출됐고, 그들의 수작에 너무나 잘 길들여졌던 것이다.

———

　　당신은 공항에서 한국 사람들을 만났다. 중남미 패키지여행을 온 이들로, 아바나를 떠나 멕시코 칸쿤으로 갈 참이었다. 아바나에는 3박 4일 있었다고 했다. 당신이 좋았냐고 묻자 아바나에는 뭐 볼만한 자연경관이 없잖아, 라고 했다. 물론 아바나에 마추픽추, 이구아수 폭포, 팜파스 소 떼 같은 건 없다. 너무 짧게 다녀오셨네요, 당신은 말한다. 아바나의 진정한 볼거리는 자연경관이나 유적보다 길거리를 걸어 다니는, 아바나의 현재를 구성하는, 과거를 짊어지고 미래를 향해가는 시민들인데.

아바나의 시민들 역시 자신이 관광자원임을 알고 있다. 플로리다 해협의 광대한 바다보다, 19세기에 지어올린 스페인 식민지풍 건물들보다, 말레콘을 물들이는 낙조보다 더 눈길을 끄는 매력적인 자원임을 안다. 어쩌면 전체적으로 허술하고 빈약한 느낌의 도시 환경이 그들의 활력 넘치는 충만한 육체미를 더욱 빛나게 하며, 그들의 탄력 있는 피부와 부드러운 동작 하나하나를 더욱 매력 있게 만들어주는지도 모른다. 여행객들은 실례를 무릅쓰고 시민들을 향해 셔터를 누른다. 당신은 허락도 받지 않고 근접촬영을 한다. 아바나의 시민들은 그럴 때도 미소를 짓고 엄지손가락을 치키며 인사말을 건넨다.

　　하나의 장소가 얼마나 많은 의미를 지닐 수 있
을까. 당신이 숙소를 나와 백 미터쯤 걸어 내려오면 몇 개
의 기념물이 나온다. 첫 번째는 메인함 사건의 희생자 추모
비이고, 그 왼편에 호세 마르티 동상이 있다. 호세 마르티
의 동상에서 반제국주의 광장이 시작된다. 광장의 끝에는
상설 무대가 세워져 있고, 그 뒤편으로 깃발의 벽이 웬만한
사무용 빌딩만 한 높이로 솟아 있다. 깃발의 벽을 지나면
바로 미국 이익대표부 건물이다. 수교가 이뤄졌으니 이제
미국 대사관이 되었을 것이다. 깃발의 벽이 그처럼 높은 것

은, 미국 이익대표부가 선전하는 자본주의 홍보물을 시각
적으로 차단하기 위한 의미도 있었다고 한다.

     비로소 당신 앞에 놓인 어떤 장소의 전체가 보
이기 시작한다. 메인함 추모비, 호세 마르티 동상, 반제국
주의 광장, 깃발의 벽, 미국 대사관. 이제 일련의 기념물로
이뤄진, 지지난 세기와 지난 세기와 현 세기를 아우르는,
이데올로기 상징의 벨트가 꿰어졌다. 제국주의의 비극에
서, 독립운동의 역사에서, 반제국주의 혁명을 거쳐 반자본
주의로 이어지는 상징들의 연쇄, 즉 투쟁의 서사가 말레콘
왼쪽 길을 따라 흘러가고 있다. 당신이 아바나 비에하에서
발견한 벽화가 보여주는 것처럼 쿠바가 형성되어온 길이.

당신은 아바나의 무엇에 들러붙었을까. 아르마스 광장의 헌책 시장을 평소처럼 둘러보다가 가판대 앞에서 포즈를 취하는 모델을 봤다. 촬영을 돕는 어시스트 없이 사진작가와 그녀 둘뿐이었다. 사진작가가 가판대에 한눈을 파는 사이, 그녀는 짙고 커다란 선글라스를 벗었다 썼다 하면서, 사진작가보다 더 부지런히 셔터를 눌러대는 당신에게 잠시 시선을 주기도 했다. 거의 매일 있는 순간이 또 찾아왔다. 당신은 그녀에게 마음을 빼앗기고 거의 넋이 나간다.

넋이 나가고 마음이 들러붙지만 당신은 모델의 이름도 알지 못한다. 말을 붙여봤자 그녀를 또 만날 수도, 만남을 지속할 수도 없다는 사실을 안다. 한순간 타오르는 감정. 당신은 그녀보다 먼저 헌책 가판대 앞을 떠난다. 당신이 들러붙는 아바나의 무엇은 매일, 매 순간 정체를 달리한다. 그제는 아바나 항구 벽의 체 게바라 초상이었고, 어제는 숙소 근처 카페의 졸고 있는 고양이였고, 오늘은 헌책 가판대 앞에서 포즈를 취하는 그녀였다. 내일은, 모레는? 당신은 무엇이 또 당신의 넋을 앗아 갈지 짐작도 할 수 없지만, 틀림없이 새로운 무언가에 또 마음이 들러붙을 것을 안다. 그러니 더 이상 아바나의 무엇에 당신이 들러붙었는지 궁금해하지 말자. 당신은 아바나, 그 자체에 들러붙었다.

저 아바나 비에하 어느 골목의 주민들이 바라보고 있는 것은 뭘까. 골목 저 끝에서 강렬하게 빛이 돌진해 들어오고, 주민들은 걸음을 멈춘 채 몸을 돌려 빛의 방향을 바라본다. 한 사람은 눈이 부신지 한쪽 팔을 들어 손차양을 만들고 있다. 날은 겨울에 접어들어 태양의 광기가 진정되기 시작한 10월 하순이고, 시각은 다섯 시가 거의 다 됐다. 당신은 오늘도 길을 잃고 약간 당황한 채 교차로에서 어느 쪽 골목으로 나아갈까 따져보고 있었다. 그러다 주변이 느닷없이 부산스러워졌고 빠른 말소리들이 들려왔다. 당신은 재빨리 경계심을 세우고 외지인의 자세를 되찾는다. 당신은 귀를 열고, 물러설 준비를 하고, 카메라를 켜고, 현지인들의 시선을 따라 눈을 돌린다. 골목을 메운 빛을 본다. 눈으로 그 빛을 따라가본다.

　　　그래, 다섯 시면 해가 서산에 걸리고 말레콘 서쪽이 시뻘게질 시간이다, 하고 당신은 생각한다. 그런데도 골목에 꽉 들어찬 비만한 빛은 물러날 기색이 없다. 이를테면 신비체험이다. 당신이 볼 수 없는 무언가를 향해 현지인은 저렇게 시선을 박아 넣고 있기 때문이다. 이 세계엔 현지인만이 볼 수 있는 것들이 있다. 오직 현지인의 눈에만 허용된, 당신이 기계 눈을 아무리 부릅떠도 결코 잡아낼 수 없는 무언가.

당신은 드문 광경을 보고 있다. 한둘도 아니고
예닐곱의 사람들이 얼굴을 맞대고 이야기를 나눈다. 아바
나 항구의 어느 터미널 앞, 출입문은 닫혀 있고 유니폼을
입은 항구 직원들이 누군가의 말에 귀를 기울이고 있다. 자
세히 보면 헬멧을 쓴 한 사람이 안쪽에 앉아 있고, 몇몇은
대화의 내용 때문인지 혹은 햇빛 때문인지 얼굴을 찌푸리
고 있다. 모두가 헬멧 쓴 이에게 주의를 집중하고 있다.

아바나의 시민들도 휴대전화를 하나씩 손에 들
고 다닌다. 파랗게 물들인 달걀 껍데기를 씌워놓은 듯한 예

쁜 공중전화도 곳곳에 보인다. 당신은 서울에서도, 아바나에서도, 직접 대면해서 대화를 나누는 문화가 사라져간다고 느낀다. 일정한 거리를 유지한다는 것은 대화자들 사이에 안정된 평화를 가져다준다. 어쩌면 그 사실을 알기 때문에 더욱 전화에 의지해 소통하는지도 모른다. 어쨌든 저들은 얼굴을 마주하고 대화를 나눈다. 지나치게 바싹 붙어 있는 게 아닌가 하는 느낌도 들지만, 그건 한국에서 온 당신의 거리 감각일 뿐이다. 아바나의 시민들에게 저 정도는 정겁고도 안전할 수 있는 거리인지도 모른다.

　　당신은 아바나의 아이스크림을 좋아한다. 당신
이 오비스포 거리를 지날 때마다 모퉁이에 있는 저 아이스
크림 가게에 들른다는 것은, 어느새 아바나에 적응했다는
의미다. 아바나의 시민들과 함께 줄을 서고, 내국인용 화폐
를 내고 거스름돈을 받을 줄 알며, 여러 아이스크림 중 무
엇이 당신 입맛에 맞는지 안다는 의미다.

　　안쪽에는 홀이 있어 테이블에서 주문해 먹을 수
도 있다. 바깥으로 창이 난 판매대에서는 손에 들고 다니며
먹을 수 있는 콘이나 하드를 팔고, 야자수 껍질에 담아 작

은 수저로 퍼 먹는 아이스크림도 판다. 야자수 아이스크림은 당신 입맛에 맞지 않는다. 핥다 보면 혀끝에 화장품 맛이 느껴지기도 하고 야자수 열매의 털이 씹히기도 하기 때문이다. 당신이 좋아하는 건 초콜릿 맛이 나는 하드다. 포장을 벗기면 적당히 얼어서 부드럽게 베어 먹을 수 있는 다갈색 아이스크림이 나온다. 물론 포장은 진공 밀폐가 아닌 그저 비닐을 씌워놓은 수준이고, 판매원이 냉장고에서 꺼내면서 벗기고 준다. 포장 하나라도 허투루 버려선 안 되는 것이다. 맛은? 당신이 어렸을 때 먹던 그 맛인데, 심지어 그 가격이기도 하다.

쿠바에서는 스펙터클한 대자연의 장관이 언제나, 다양하게 펼쳐진다. 당신이 알던 그 태양이 아니고, 그 구름이 아니고, 그 파도가 아니고, 당신이 알던 그 하늘이 아니다. 아바나에서 황도를 가로지르며 당신의 정수리를 태우는 그 태양은 전혀 새로운 태양이다. 쿠바는 햇볕이 강하고 대기오염이 적은 탓에, 카메라로 피사체를 겨냥할 때마다 명암의 멋진 대비를 맛볼 수 있다. 누군가의 말처럼 셔터만 눌러도 사진이 되어 나온다.

쿠바의 대기가 미치도록 맑은 데에는 미국의 영

향도 있다. 1960년대 사회주의 혁명이 성공하면서 미국은 쿠바에 경제봉쇄를 가했고 '쿠바 민주주의 법'까지 제정해 쿠바를 고립시켰다. 그런 탓에 당신이 아무리 쿠바를 쏘다녀도 공장 굴뚝은 좀처럼 보기 어렵고, 어쩌다 본다 해도 연기는 나오지 않는다. 쿠바 같은 나라에서 하늘이 새맑다는 것은 그저 빈곤을 의미할 수도 있다. 쿠바의 순수한 하늘은 여행객에게는 축복이겠지만, 당장의 생필품이 필요한 시민들에게는 슬픔일 수도 있다. 쿠바는 만성적인 물자 부족에 시달리고, 미국의 금수 조치로 인해 예방 접종 백신이 부족한 경우도 있다. 아기를 가진 부모들이 외국에 나갈 때마다 백신을 한 아름씩 사 와 이웃과 나눈다는 얘기도 들었다.

아바나에서는 팔뚝만큼 기다란 망원렌즈를 장착한 기계 눈을 들고 있는 여행객을 흔히 볼 수 있다. 서로 다른 렌즈를 낀 기계 눈을 두 개씩 메고 있는 여행객도 흔하다. 그런 기계 눈은 어깨에 두르면 허리가 아프고, 손에 들면 손목이 쑤시고, 목에 걸면 목 디스크가 올 정도로 무겁다.

아바나의 거리에서는 색이 미쳐서 날뛰는 듯하다. 자연의 햇볕과 인간의 화공 약품이 만나 소위 말하는 최상의 '케미'를 선보이는, 아바나의 명물이 된 올드카

를 봐도 그렇다. 채도가 높은 원색 페인트를 멋지게 도장하고, 구석구석 왁스 칠까지 하면 아바나의 햇볕에 최적화된 빛깔이 나온다. 눈이 부시다는 표현만으로는 부족하다. 말로는 안 되니까, 여행객들은 기계 눈까지 장착하고 나선다. 올드카들은 아바나를 온통 원색으로 물들이고 관광지 앞에 진을 치고 있다. 미끈하게 빠진 잘생긴 말이 끄는 마차보다 멋쟁이 올드카들이 더 인기다. "아바나 어때?" "멋져. 정말 멋져." 쓸데없는 대화다. 아바나에 대해서라면 당신의 언어는 무력하고, 백 마디의 말보다 사진 몇 장이 더 효과적이다.

당신은 오늘 갈 곳이 없다. 아바나에서 가볼 만한 장소는 두어 번씩 가보았고 맛집도 한 번씩은 들러보았다. 가이드북에 소개된 명소는 빠짐없이 다녔고, 아바나 관광 지도도 너덜너덜해졌다. 이제 당신은 아바나의 장소들을 완전히 소비했다. 그럼 끝인가.

하지만 당신은 장소를 다 써버렸지만 시간의 가능성은 남아 있다는 사실을 알고 있다. 아르마스 광장의 성당에서 만난 합창단이 남아 있는 시간의 가능성들을 증명한다. 토요일 오후 네 시쯤, 사진에 담을 수도 없고 기억에

아바나의
시민들

서는 쉽게 사라지고 마는 곡조가 당신을 불러들였다. 코러스가 귀에 익은 멜로디의 하모니를 맞춰보고 있었다. 당신은 이미 빈자리가 없는 객석 맨 뒤에 서서 카메라를 든다. 사회자가 오늘의 공연을 소개하고 곧바로 아카펠라가 시작된다. 언뜻 마흔 명은 되어 보이는 합창단원이 노래를 부른다. 사진엔 담을 수 없어 이제는 당신이 흥얼거릴 수 없는 곡조를.

　　　하나의 장소는 여러 시간대를 통해 여전히 볼거리를 제공한다. 아르마스 광장의 성당은 어느 때는 합창단을, 어느 때는 댄싱 팀을, 이느 때는 오케스트라를, 어느 때는 단정하고 꾸밈없는 예배 광경을 제공한다. 당신이 장소들을 남김없이 소비했다고 해서, 아바나를 다 본 것은 아니다.

어느 가이드북에서 쿠바의 인종 구성에 대한 소
개를 읽었다. 원래는 인디오 원주민이 있었지만 스페인이
정복한 후 대부분 멸종했고, 지금은 백인과 아프리카에서
노예로 데려온 흑인, 그리고 물라토라고 불리기도 하는 흑
백 혼혈인이 쿠바에 살고 있다. 아바나 항구의 세관에서 근
무하는 공무원 친구들처럼. 금발의 백인, 피부색이 어두운
혼혈, 피부색이 밝은 혼혈.

아바나에서는 여러 인종이 한데 모여 시간을 보
내는 모습을 흔히 볼 수 있다. 쿠바는 백인의 비율이 가장

높다고 한다. 하지만 아바나의 거리에서 여행객의 눈에 가장 많이 띄는 인종은 흑백 혼혈이다. 백인은 아바나의 거리에 모습을 잘 드러내지 않는다. 인디오 원주민은 아바나에서는 한 번도 보지 못했고, 산타클라라에 가서야 딱 한 명을 봤다. 그는 잡화점에서 물건을 사기 위해 기다리고 있었다. 인디오는 미술관에 걸린 옛 그림들에서 더 자주 볼 수 있다. 단일민족의 나라에서 온 당신에게 인종은 낯설고 어려운 문제다. 항구 세관에 근무하는 공무원 네 사람의 표정은 그들의 피부색만큼이나 다채롭다. 누구는 애써 근엄하고 누구는 부끄러워 얼굴을 가리고 누구는 즐거워한다. 피부색의 다채로움 위에 얹힌 표정의 다채로움. 이런 향연은 아바나에서 맛볼 수 있는 잊지 못할 즐거움의 하나다.

아바나 비에하의 주택가 골목에서 만난 시민들은 말 그대로 아바나의 일상을 보여준다. 유모차를 끌고 나온 엄마, 슈퍼마켓에서 식용유를 사 오는 여성, 모자를 돌려 쓴 청년과 벤치에 앉은 동네 아주머니들. 당신은 그들의 일상에서 특별한 어떤 것도 읽어낼 수 없다. 너무 일상적이라 어떤 사건도 예견할 수 없고, 너무 흔해서 굳이 해석할 필요도 없다. 하지만 당신은 구태여 무엇인가 찾아낸다. 저 시민들 하나하나는 그 자체로 색다를 것이 없지만, 저렇게 서로 다른 연령의, 다른 성의, 다른 사연의 시민들이 '한자

리에 모여 있다'는 사실은 이색적이다. 당신은 이와 비슷한 광경을 유년 시절에나 볼 수 있었기 때문이다.

　　　이제 당신의 이웃들은 음식점이나 근린공원처럼 모이라고 만들어진 장소가 아니면 모이지 않는다. 당신의 이웃들은 벤치에 앉아 잡담할 만큼 한가롭지 않으며, 서로를 경계하고, 두려워하며, 자신이 무엇을 하는지 이웃이 알까 봐 전전긍긍한다. 서로 일상을 제대로 보여주지 않는다. 서로 대충 알기를 바란다. 그래서 당신은 아바나의 시민들 앞에서, 평화롭고 정겨우며 서로를 속속들이 알던 당신의 과거에 잠시 다녀온 듯한 기묘한 감정을 느꼈던 것이다.

미국과 앙숙이고, 미국에 목이 졸려 죽어가는 나라라고 해도 완벽하게 외면할 수 없는 것이 있다. 미국의 대중문화다. 아바나의 텔레비전 채널을 돌리다 보면 뜻밖에도, 당신이 한국에서 보던 반가운 프로그램을 만나게 된다. 이 채널에서는 디즈니의 애니메이션 〈미키마우스〉가 나오고, 저 채널에서는 길 그리섬 반장의 〈CSI 라스베가스〉 시즌 1이 나온다. 미국 프로야구 중계도 빼놓을 수 없다. 당신은 당황하면서도 〈CSI〉의 매력을 거부할 나라가 지구별 어디에 있겠어, 하고 중얼거린다.

당신은 아바나의 영화관에서 할리우드 영화를 찾아볼 수 없다. 〈스타워즈〉 시리즈의 신작이 나와도 포스터 한 장 볼 수 없다. 한국에선 어른들이 더 열광한 〈인사

이드 아웃〉은 흔적도 찾을 수 없다. 그렇다고 아바나의 시민들이 영화를 좋아하지 않는다는 말은 아니다. 아방가르드 영화제 때는 영화관마다 한 블록을 빙 두르는 긴 줄이 섰었다. 아바나에서 할리우드 영화들은 어떻게 볼 수 있을까. 한 장에 영화 다섯 편씩 들어 있는 불법복제 DVD를 통해서다. 암시장 같은 데서 파는 것도 아니다. 번화가나 한적한 주택가 어디에서나 버젓한 불법복제 DVD 숍을 볼 수 있다. 즐거움에 대한 욕망은 사회체제가 통제하고 이겨 먹을 수 있는 게 아니다.

———

      카메라를 잃은 다음 얻은 당신의 저렴한 깨달음
은 일주일을 버티지 못한다. 당신은 기계 눈으로부터 해방
되는 것보다 기계 눈에 복종하고 기계 눈을 신뢰하는 편이
훨씬 많은 것을 가져갈 수 있다는 사실을 인정했다. 기계
눈을 쓰지 않자 시야는 넓어졌지만 저장은 할 수 없었다.
당신의 기억력은 믿을 수 없고 당장 망각이 걱정스럽다. 혹
자는 사진에 찍힌 것만 기억하게 될 것이라고 말하지만, 사
진 없는 추억들은 언젠가 휘발되어, 오염되고 왜곡된 흐릿
한 흔적만 남게 되지 않을까.

당신은 카메라를 구하기 위해 다시 아바나 시내
를 헤매기 시작했다. 백 년 전부터 아바나의 핫플레이스였
던 곳, 헤밍웨이가 『누구를 위하여 종은 울리나』를 쓴 곳,
아바나의 명동이자 외국인이 가장 많이 찾는 곳인 오비스
포 거리를 구석구석 쏘다니지만 카메라는 없다. 당신이 정
작 카메라를 발견한 곳은, 당신이 매일 이메일을 확인하러
오가던 와이파이 존의 한 잡화점이었다. 당신이 식수를 사
고 비누를 사고 비스킷을 샀던 곳. 첫 번째 카메라를 빗물
에 수장한 날에도 이 잡화점 벽에 기대앉아 와이파이를 했
다. 그곳 안쪽 진열장에 은색 바디를 한 깜찍한 디지털카메
라가 놓여 있었다.

　　　신문팔이는 젊은이들의 일거리가 아니다. 열 발짝을 내딛는 데 오 분쯤 걸리는, 어째서 더 빨리 걸어야 하는지 알 필요 없는 노인들의 일거리다. 신문팔이 노인들은 아바나의 오비스포 거리에 있다. 오비스포에서 좌우로 갈라져 나가는 거리 어딘가를 서성인다. 신문 가판대가 없는 아바나의 거리에서 그들은 신문 가판대처럼 꼼짝 않고 서 있곤 한다.

　　　당신은 신문팔이 노인을 찍은 그 순간을 기억한다. 길을 또 잃고, 늘 잃는 것임에도 또 당황해서, 어리둥절

한 얼굴로 이 골목 저 골목 헤매다 문득 정신을 차려보니 그가 당신 앞에 서 있었다. 당신이 다가가 카메라를 들이대자 자신의 유일한 밑천인 신문을 가슴께로 들어 올렸다. 그는 노쇠하여 당신과는 다른 시간의 흐름을 사는 듯했다. 신문을 들어 포즈를 취하고 사진을 찍은 다음 모델료를 달라며 손을 내밀기까지도 한참이나 걸렸다. 그는 열대의 작열하는 태양 아래 말린 과일처럼 쪼그라들어 있었다. 하지만 그에게는 어엿한 일거리가 있다. 아직 꼿꼿한 척추가 있고, 느리지만 정확하게 작동하는 두 다리가 있다. 그의 눈은 진지하게 빛난다. 그는 아바나처럼 오래됐고 아바나처럼 강인하다.

　　음악이 연주되는 레스토랑에 반드시 객석과 분
리된 무대가 있고, 조명이 있고, 질 좋은 음향 설비가 있어
야 할 이유는 없다. 밴드가 선 자리가 곧 무대이고, 조명은
태양이다. 아바나의 레스토랑에서는 바로 몇 발짝 앞에서
라틴재즈 밴드가 라이브 연주를 들려준다. 라틴재즈는 라
틴리듬이라는 흥겨운 발판 위에서 유연하게 미끄러지는
재즈이므로 감상에 긴장이 있을 수 없다. 식사에 곁들이는
부담 없는 반주, 메인 메뉴에 뿌려져 나오는 시그니처 소스
같은 것이다. 라틴재즈는 아바나의 시민들이 밤낮없이 즐

기는 살사 댄스의 배경이기도 하다. 실제로 남녀 댄서가 밴드와 한 묶음으로 나와, 재즈가 연주되는 동안 테이블 사이를 살사를 추며 돌아다니기도 한다. 고용된 전문 댄서가 없으면? 테이블에서 방금 식사를 끝낸 연인이 자발적으로 나와 부둥켜안고 춤을 춘다.

색소폰을 든 저 친구는 힘이 넘친다. 그의 연주는 거리를 넘어 오비스포 거리의 암보스 문도스 호텔까지 들려온다. 라틴재즈에도 탱고처럼 감상용이 따로 있을까. 춤을 출 수 없는 탱고가 있듯 스텝을 밟을 수 없는 라틴재즈도 있을 테지만, 아바나의 거리에서는 아니다.

체 게바라의 저 유명한 초상은 알베르토 코르다의 작품이다. 정확히는 1960년 5월 3일에 찍은 사진으로, 오리지널을 보면 특별히 작심하고 찍은 작품은 아님을 알 수 있다. 우연히 카메라를 들고 있다가 게바라가 나타났고, 초점을 맞출 새도 없이 급하게 셔터를 눌렀는지 상이 흔들려 나왔다. 세계에 알려진 이 초상의 표정을 보면 어딘지 모르게 결연한 의지가 느껴지고, 혁명 같은 큰 사건을 앞두고 있는 사람이 떠오른다.

하지만 혁명은 이미 이뤄졌고 사진의 배경은 전

장이 아닌 아바나 시내다. 오리지널 사진으로 미루어보건
대, 왼편에 반쯤 나오다 만 누군가와 이야기를 나누고 있을
가능성이 크다. 반혁명 세력이 저지른 폭탄 테러의 희생자
들을 추모하는 자리라는 설명도 있다. 사진 오른편엔 야자
나무의 잎사귀 같은 것도 보인다. 그저 일상적인 대화를 나
누다 느닷없이 진지한 표정을 짓게 되는 때가 있지 않은가.
작가 코르다는 그 표정을 놓치지 않았고, 이 초상은 혁명의
급박한 와중에 찍힌 그 어느 사진보다도 더 잘 게바라를 설
명해주는 작품이 되었다. 혁명가가 지을 법한 표정의 전형
이 된 것이다. 쿠바 태생의 코르다는 혁명의 생생한 현장을
기록한 세계적인 사진작가다.

이 사진을 찍고 난 얼마 후 아바나에서 알게 된
친구에게 보여줬더니, 서울이냐고 물어왔다. 서울이라니.
당신은 잠시 말을 잃고 생각에 잠겼다. 북한과는 수교가 되
어 왕래가 활발하고 남한은 거의 알려져 있지 않으니 아마
그 친구가 보기엔 북한과 남한이 별반 다르지 않을 것이고.
북한을 빈국으로 알고 있을 거라는 생각이 들었다. 그리고
회칠이 떨어져 나가 적갈색 벽돌이 드러난 벽과 비바람에
형태가 온전하지 못한 기둥을 보고, 어느 못사는 나라의 못
사는 동네일 거라고 추측했을 수 있다. 그래서 당신의 서울

일 거라고, 아니면 그냥 당신의 추레한 행색을 보고 서울이
라 답했을 수도 있다.

　　　당신은 고개를 저으며, 아니, 아니, 이건 아바
나 비에하야, 하고 일러준다. 너의 아바나 비에하, 올드 아
바나. 아바나의 도심을 벗어나 남쪽으로 내려가면 어느 순
간, 당장이라도 무너질 듯한 건물들이 다닥다닥 붙은 동네
가 나타난다. 빈집처럼 보이지만 어느 순간, 시가를 입에
문 사내가 문간에 나타나기도 한다. 당신은 그 동네를 다시
찾을 수 없다. 당신이 길을 잃었을 때, 당신의 길 잃은 발이
우연히 찾아낸 동네이기 때문이다. 그 동네는 우연히 발견
한 동네이고, 또 다른 우연이 아니면 다시는 밟아볼 수 없
는 동네다.

여성 댄서의 이름은 이네스. 아바나 오비스포 거리에는 주말에 만날 수 있는 댄싱 팀이 있다. 암보스 문도스 호텔 앞에 정오쯤에 나가보면 오른편 거리 끝에서부터 째지는 듯한 트럼펫 소리가 들려오는데, 그것이 댄싱 팀

의 출현을 알리는 신호다. 10월 초에는 어릿광대 팀이 공연을 했는데, 11월로 넘어가자 언제부턴가 장대 다리 댄싱 팀이 거리를 지배하고 있었다. 이들은 발목에 1미터가 넘는 장대 다리를 붙이고, 살사 반주에 맞춰 춤을 추며 아바나 구도심의 골목골목을 휘젓는다. 팀 이름은 당상고.

남녀 댄서 다섯 명과 살사를 연주하는 밴드 대여섯 명으로 이뤄졌다. 찰랑거리는 드럼에, 트럼펫에, 꽃단장을 하고 바구니를 들고 다니며 관람료를 받는 여성도 있다. 여행객이 카메라 셔터를 누르면 귀신같이 알고 달려와 바구니를 내민다. 비싸냐고? 한 시간 넘는 공연에 관람료는 1달러다. 물라토를 가까이에서 접해본 적이 없는 당신은 당상고의 공연을 보며, 이네스의 땀에 젖은 피부를 보며, 가슴이 설렌다. 당신은 이네스의 다갈색 피부에 근접해 셔터를 누르며 비로소 물라토의 아름다움을 깨닫는다. 유연함, 윤기, 근육과 관절의 탄력을. 그리고 잠깐 쉴 때도 결코 벗지 못하는 장대 다리 위에서의 고통에 대해 상상한다.

　　아바나의 시가 상점 근처에 가면 이 노
인을 만날 수 있다. 진품 코히바 시가를 한 대에 십
만 원에 파는 것도 봤는데, 그런 시가를 입에 물고
모델 같은 자세를 잡고 있다. 카메라를 들이대면
먼저 모델료를 내놓으라며 손바닥을 펼친다. 모델
료 1달러. 그러면 정교하게 만들어진 밀랍인형처럼
미동도 않고 됐다고 할 때까지 포즈를 잡아준다.
시가에는 불이 꺼져 있다. 셔츠는 깨끗하고 날렵해
보이지만, 흰 모직 바지에는 적지 않은 얼룩이 있

다. 천이 두꺼운 모자는 테두리가 닳아 있다. 이런 날씨에
덥지 않을까, 싶은 차림이다. 양말도 어쩐지 겨울 양말 같
다. 그러면서 샌들을 신고 있다.

　　　당신은 노인을 잘 알지도 못하면서 비난할 준비
를 하고 있다. 그저 당신이 피곤하고, 너무 더우며, 노인이
당신보다 약자인 데다 모델료를 요구한다는 이유로. 그래
서 당신은 논리의 허점을 찾듯이 그의 차림새를 뜯어보고
있다. 당신은 그가 불 꺼진 시가처럼 몸 안의 불씨가 다 꺼
졌다고 판단한다. 몸 안의 불씨가 다 꺼져 겨울 차림을 할
수밖에 없었다고. 그러는 동안에도 노인은 당신의 카메라
를 따라 이리저리 몸을 돌리며 다정하게 포즈를 잡아준다.

이를테면 아마추어 사진작가를 대하는 포즈의 권위자처럼. 이렇게 해야 당신의 어설픈 사진이 구원받지 않겠냐는 듯이.

베다도

이념과 체제를 떠나서, 절망한 사람은 어디에나 있다. 국적과 신분과 계급을 떠나서, 절망한 사람은 어디에나 있다. 그는 아바나 시내에서 가장 큰 성당의 입구를 지키는 예수상의 발치에 주저앉아 있다. 예수상을 떠받치는 석주에 한 팔을 기대고. 그는 너무 왜소해서 자리에서 일어선다고 해도 차마 예수의 몸에 손을 댈 수 없다. 예수의 은총을 직접 구할 수가 없다.

절망한 사람은 어느 날 성당 앞을 지나다 고개를 들어 예수상을 보고는 그만 다리에 힘이 풀렸을 수도 있

다. 그런 때가 있는 법이다. 간신히 버티는 힘, 버티고 있다
는 사실도 모르고 버티는 힘. 그런 힘은 한순간에 무너져서
그를 쓰러지게 만든다. 그는 이제 버틸 수 없고 그런 다리
로는 일어설 수 없다. 그는 손을 들어 머리를 감싼다. 아마
이곳 사람들이 마음이 무너졌을 때 하는 절망의 한 표지일
것이다. 아바나에서 몇 번이나 본 자세다.

　　　　그에게 무슨 일이 있었는지는 알 수 없다. 지금
보니 그가 절망하지 않았을 수도 있다는 생각도 든다. 하지
만 절망에 대한 감각은 현장이 아니면 느끼기 어려운 찰나
적 감각이다. 인간은 절망을 그리 오래 견디지 못한다. 인
간은 잠시도 절망을 견디지 못하고, 금세 자신을 속이기 시
작한다. 절망은 쉽게 휘발된다.

아바나의 베다도 지역엔 아바나 국립대학교가 있다. 1728년에 세워졌고, 라틴 아메리카 대륙 최초의 대학교이며, 피델 카스트로가 학창시절을 보낸 곳이다. 혁명 전에는 학교가 폐쇄될 정도로 군사독재에 맞서 싸웠다. 이런 사실의 나열은 별 의미가 없다. 당신이 궁금한 건 열대에 있는 대학의 모습이다.

아바나 대학은 당신의 숙소에서 그리 멀지 않은 곳에 있다. 호텔 리브레를 끼고 왼편으로 돌아 센트로 아바나 방향으로 쭉 가면 된다. 가는 길에 아바나에서 제일이라는 핫도그 가게도 있고(하지만 바로 그 옆에서 파는 커피

가 더 일품이다), 시티투어 버스 정류장이 있고, 코펠리아 아이스크림 가게가 있다.

　　　당신이 아바나 대학에 처음 발을 들여놓으면 새하얀 기둥의 석조건물과 아름드리 열대식물들이 눈에 띨 것이다. 그리고 학생들은 벤치며 계단이며 창턱에 몸을 얹고, 수다를 떨거나 음악을 듣고 책을 들여다본다. 한국과 다른 점이라면 교정 여기저기에 거대한 열대식물이 뿌리를 내리고 있다는 것이다. 열대의 대학은 당신 눈에 열대 우림 속에 나타난 고대 유적 같다. 그곳의 그늘에선 젊고 날카로우며 서늘한 기운을 맛볼 수 있다.

처음 한 달 동안은 가이드북 없이 다녔다. 그래서 당신은 늘 길을 잃었고 기대하지 않은 순간에 미지의 것들과 부닥쳤다. 가이드북 없는 여행의 좋은 점은 가이드북에 나오지 않은 뜻밖의 장소들을 알게 된다는 것이고, 나쁜 점은 뻔히 눈으로 보면서도 그게 뭔지 모른다는 것이다.

당신은 그날 아마 현지 관광 지도를 보며 공동묘지를 찾고 있었을 것이다. 살이 통째로 익을 것 같은 뙤약볕 아래를 무작정 걷다가 행인을 만나면, 지도를 들이밀며 묘지로 가는 길을 물었다. 그러다 인상적일 정도로 깔끔

베다도

한 공원을 지났고, 다음 순간 거대하게 펼쳐진 한적한 교차로와 마주쳤다. 교차로 저 끝엔, 하얗게 빛을 발하는 탑이 높이 솟아 있었다. 탑 사방에는 그에 비할 만한 어떤 건축물도 서 있지 않았다. 마치 탑의 존재가 부각되도록 주변을 싹 밀어버린 듯했다. 어느 방향에 서도 탑은 방해물 없이 똑바로 보였고, 그 앞에는 호세 마르티의 거대한 석상이 세워져 있었다. 궁금한 마음에 숙소로 돌아와 가이드북을 펼쳐보니, 당신이 고생 끝에 발견한 거대한 교차로는 '혁명광장'이었고, 거대한 탑은 호세 마르티 기념탑이었다. 거대함은 체제가 자기의 우월성을 과시하기 위해 부풀리는 사자의 갈기와 같다.

　　　　당신은 아바나에 와서 처음 구름을 발견한 사람
처럼 군다. 전에는 구름을 본 적이 없는 사람처럼. 적어도
구름에 눈길을 주거나 감탄해본 적이 없는 사람처럼. 당신
은 찬찬히, 지금의 나이에 이르도록 어디를 가서 무엇을 보
곤 했는지 돌아본다. 북경에서는 만리장성과 자금성을, 해
남 땅끝마을에서는 레고 블록 같은 등대를, 홍콩에서는 손
바닥만큼만 남겨놓고 하늘을 다 가려버리는 무지막지한
마천루 숲을, 한라산에서는 중턱 어딘가에 있던 통나무 산
장을. 그러는 동안에 당신은 구름을 눈여겨본 적이 없다.

당신은 강릉에서는 눈발 날리는 잿빛 바다를 봤고 천안에서는 전봇대 사이로 지는 시뻘건 태양을 봤지만 구름에 집중한 적은 없다.

구름은 어쩌면 지나치게 부차적인 존재인지도 모른다. 광경의 전면에 나서는 법이 없이, 태양의 배경으로 바다의 배경으로 마천루 숲의 배경으로, 기계 눈의 언어로 말하자면 포커싱 과정에서 바깥으로 날아가는 존재. 늘 들러리이며, 스스로 부각되지 못하는, 초점의 주변부를 구성하는 존재인지도 모른다. 하지만 아바나에서 구름은 당당히 포커싱의 중심이 된다. 당신은 인생에서 구름의 존재를 처음 발견한 것 같고, 때로는 아바나 전체가 한 덩이 구름의 배경인 것 같다.

아바나 어디서나 마주치는 것이 호세 마르티의 기념상이다. 당신이 아는 쿠바의 혁명가는 체 게바라뿐이다. 체 게바라는 당신의 젊었을 적 영웅이었다. 약간 의심스럽긴 하지만 피델 카스트로도 영웅으로 알고 있다. 하지만 마르티는 누구지? 놀랍게도 혁명 광장의 주인공은 게바라나 카스트로가 아니다. 주인공은 듣도 보도 못한 마르티이고, 탑과 기념관은 그의 탄생 100주년을 기리기 위해 지어진 것이다. 게바라와 또 다른 혁명 영웅 카밀로 시엔푸에고스는, 광장 건너편 건물 벽에 철골과 네온사인으로 된 거대한 초상으로 남아 있다. 그곳에서 그들은 혁명 이후를 물

베다도

려받은 카스트로를 향해, "영원한 승리의 그날까지"라는, 벽에 새겨져 결코 귓전에서 사라지지 않을 인사말을 전한다.

아바나에는 피델 카스트로나 체 게바라의 기념물보다 호세 마르티의 기념물이 더 많다. 사실 그는 카스트로나 게바라를 살아서 본 적도 없는 인물이다. 그는 19세기의 혁명 영웅이다. 당신은 어떻게 해서 살아 있는 영웅인 카스트로(바로 2016년에 죽었다)나, 세계적인 영웅인 게바라보다 그의 기념물이 더 많을 수 있는지 생각한다. 죽은 지 오래될수록 영웅은 유일신에 가까워진다. 적들과 반대자들의 그림자는 세월에 풍화되어 어느덧 사라지고, 이제 세계는 온전히 그의 차지가 되는 것이다.

당신은 아바나에서 지겹도록 〈관타나메라 Guantanamera〉를 듣는다. 부에나 비스타 소셜 클럽의 갈라 쇼에서도 들었고, 암보스 문도스 호텔 앞에서도 들었고, 숙소 맞은편 레스토랑에서는 매일 밤 열 시 그 구슬픈 멜로디를 연주하며 공연을 마무리한다. 한국에서도 샌드파이퍼스의 버전으로 언젠가 들었던 노래. 노랫말은 호세 마르티의 작품이고 '쿠바의 아리랑'이라고도 한다. 이미자의 〈동백아가씨〉보다 반세기도 더 먼저 쓰였다. 불행히도 당신은 관타나모의 시골 아낙네를 상상할 수 없다. 아바나는 서울

보다 훨씬 먼저 개화한 큰 도시이고, 쿠바의 시골 아낙네가
어떤 차림을 하고 다니는지 당신은 본 적이 없다. 아바나의
여성들은 완벽한 도회풍이다. 서울의 동백아가씨가 그런
것처럼.

관타나메라, 과히라 관타나메라/관타나모의 농사짓는 아
낙네여,
나는 종려나무 고장에서 자라난/순박하고 성실한 사람이
랍니다.
내가 죽기 전에 내 영혼의 시를 여기에/사랑하는 사람들
에게 바치고 싶습니다.
내 시 구절들은 연둣빛이지만/늘 정열에 활활 타고 있는
진홍색이랍니다.
나의 시는 상처를 입고 산에서 은신처를 찾는/새끼 사슴
과 같습니다.*

★ 이규봉, 『체 게바라를 따라 무작정 쿠바 횡단』, 푸른역사, 2014년, 54쪽.

아바나는 거대한 기념물들의 도시이기도 하다. 대리석으로 지어진 반원형의 야외극장 같은 이 기념물은 아바나 대학 근처에 있다. 아마 미국에 저항한 쿠바의 영웅을 기리고 있는 듯하다. 당신이 놀랐던 것은 저런 대규모의 기념물이 버스 정류장 옆에, 주택가 근처에, 행인들이 수시로 지나다니는 길가에 서 있다는 사실이었다. 버스에서 내렸더니 그저 동네 놀이터처럼 자리해 있었고, 실제로 주민들의 쉼터로 이용되고 있었다.

기념물을 보고 있자니, 당신에게 영웅이 되고

베다도

싶었던 때가 있었는지 궁금해진다. 영웅을 꿈꾸다니. 당신
에게 그런 적은 없었고, 뭔가 바보 같은 소리로 들린다. 어
렸을 때 당신에게 큰 인물이 되라고 말해준 사람은 없었다.
"소년이여, 야망을 가져라!" 식의 얘기를 해준 사람도 없
었다. 당신은 영웅이 되거나 큰 인물이 되거나 야망을 가지
고 싶었던 적이 없었고, 그렇게 되지 않았다. 당신은 그저
한 해 한 해를 버거워하며 간신히 꾸려나가는 삶을 살고 있
다. 영웅은 역사에서 지대한 역할을 한 이를 일컫는다. 당
신은 그런 역할이 영 싫었고, 그런 역할은 맡을 수도 없었
고, 아마 앞으로도 그러할 것이다.

당신은 가이드북에서 아바나의 아멜 거리는 아프리카 문화의 정취를 맛볼 수 있는 곳이라는 소개를 읽는다. 하지만 아멜 거리를 찾는 일은 쉽지 않다. 아멜 거리는 대로가 아닌 주택가 깊숙한 데 있고 마땅한 안내판도 없다. 힘들여 아멜 거리를 찾았지만, 입구에서 출구까지 겨우 백 미터 정도다. 백 미터는 아프리카 문화를 담기엔 너무 짧지 않은가? 아멜 거리는 입구부터 온통 왁자지껄하다. 거리에 들어서자 호객꾼이 뒤집은 중절모에 CD와 지폐를 담아 음반을 사달라며 달려든다. 흰 피부와 검은 피부로 이뤄진 소

용돌이가 당신을 뱉어냈다 빨아들이기를 반복한다.

당신은 공연을 보고 거리 전체를 두어 바퀴 둘러본 다음, 지금 보고 있는 것이 아프리카 문화가 맞는지 생각한다. 아프리카 대륙의 광대한 면적을 생각하고, 끔찍한 살육의 빌미가 되기도 하는 인종적 다양함을 생각한다. 거기에 가본 적도 없고, 그곳 토속 문화가 무엇인지도 모르는 당신에게 아멜 거리는 어려운 문제다. 벽에 박아놓은 욕조들, 문설주 위에 올려놓은 팔 없는 마네킹, 철물 장식이 달린 토템, 그리스 신전 기둥의 모조품 등은 어째 잡동사니만 같다. 정체가 의심스러운 요소들의 맥락을 알 수 없는 집적. 하지만 당신이 이해할 수 없다고 해서 그 세계가 틀렸거나 존재하지 않는 것은 아니므로, 또한 틀린 세계도 얼마든지 즐거울 수 있으므로, 바로 그렇기 때문에 당신은 아멜 거리를 몇 번이고 다시 찾게 된다.

검은 얼굴에 원색의 옷자락을 펄럭이는 댄서가
좁고 뜨거운 무대를 가볍게 날아다닌다. 댄서는 맨발이다.
아까부터 당신은 맨발바닥에 신경이 쓰인다. 맨발로 대리
석 바닥을 저렇게 차고 오르면 무리가 갈 텐데……. 하지
만 댄서는 신이 내린 듯, 신앙의 힘인 듯, 대리석을 박차고
뛰고 혼란스럽게 날뛰는 스텝을 밟는다. 아바나의 댄서들
은 대개 발이 땅에 붙어 있을 겨를이 없다. 음악은 스텝과
엉켜 춤을 더욱 현란하게 만든다. 다양한 형태의 타악기가
중심인 악단은 당신이 한 번도 들어보지 못한 음악을, 하지

만 당신의 영혼 깊은 곳에서부터 친숙함이 느껴지는 리듬
을 연주한다.

아멜 거리는 주말 공연이 가까운 시간이면 발 디
딜 틈 없이 북적인다. 평일이 아니면 사진 찍기도 힘들다. 쿠
바에는 원래 흑인이 없었다. 흑인은 스페인 식민지 시절 아
프리카에서 노예로 들여온 인종으로 전체 인구의 11%라고
한다. 그들은 아프리카에서 당신은 감히 흉내도 못 낼 원색
의 색채 감각과, 미친 춤동작과, 토속신앙을 가져왔고, 그
유산은 아멜 거리가 되어 아바나에 남았다. 물론 여전히 이
것이 아프리카 문화인가 하는 의구심이 들지만, 당신은 어
느새 즐기고 있고, 광기가 얼마간 당신에게 전염된 것을 안
다. 아멜 거리는 필사적으로 춤추고 노래하고 치장하고 호
객을 함으로써 아멜 거리로 살아남는다.

당신은 '라 소라 이 엘 쿠에르보La Zorra Y El Cuervo'
의 재즈를 생각한다. 호텔 리브레에서 말레콘으로 내려오
는 경사로의 중간쯤에 있는 이 재즈 클럽은 공연이 시작되
면 서 있을 자리도 없을 만큼 만원이 된다. 관객은 대개 외
국인, 특히 백인 여행객들이다. 공연은 여러 재즈 밴드들이
차례로 무대에 올라가 몇 곡씩 연주하고 내려오는 식인데,
두 시간이 넘는 공연에서 당신이 아는 곡은 하나도 연주되
지 않는다. 그 흔한 〈관타나메라〉도. 아예 멜로디가 없을
수도 있고, 리듬은 지나치게 변칙적이어서 당신의 인지 속
도로는 따라잡을 수 없다. 악보 없이 즉흥적으로 합주를 이

어나가는 임프로비제이션 재즈가 틀림없다. 당신은 재즈처럼 짜릿한 다이키리를 홀짝인다. 그리고 귀청을 찢으며 미친 듯 달려나가는 색소폰에 기계 눈을 맞춘다.

아바나에는 길거리 음악과 클럽 음악이 있다. 길거리 음악은 처음 들어도 언젠가 들어본 것 같은 친숙한 음악으로, 음식에 풍미를 더하고 술맛을 좋게 하며 걸음을 가볍게 한다. 클럽 음악은 귀를 쫑긋 세우고 정색을 하고 어느 정도는 골치가 아플 각오를 해야 한다. 당신은 아바나에 이처럼 세련되고 현대적인 재즈를 연주하는 뮤지션들이 모여 있다는 사실에 깜짝 놀란다. 그리고 솔직히 말해, 당신은 지금 저 음악에서 뭘 즐겨야 할지 갈피를 잡지 못하고 있다.

———

　　　당신은 이 사진들을 보며 미소를 짓는다. 당신은 평소에 웃을 일이 별로 없기에, 그래서 점차 미소 짓는 법을 잊어버리고 억지미소를 짓다 결국엔 부정적인 인상의 늙은이가 될 것이라는 예감을 갖고 있기에, 더욱더 이 사진들을 버릴 수가 없었다. 생수병의 뚜껑을 따서 막 한 모금 마신 다음 벽에 손을 짚고 선 저 사내는 아바나 국립대학교의 경비원이다. 당신은 사진을 정리하다가, 그가 의도하지 않았음에도 도에 넘치는 우아한 포즈를 잡고 있음을 발견했다. 그는 잠깐 바람을 쐬고 기분을 전환하기 위해

베다도

물병을 들고 나왔던 것인지도 모른다. 평소처럼 바깥 거리를 살피기 위해 내려왔을 수도 있다. 그러다 팔을 뻗어 벽을 짚었고, 다리를 포갰으며, 허리를 비틀고 고개를 돌려 시선을 아련히 먼 곳에 두었다. 그렇게 해서 그의 포즈는 저리도 우아한 기운을 뿜어내는 S자가 됐던 것이다.

　　다른 한 장에 있는 세 댄서는 이제 막 케이팝에 맞춰 춤을 출 요량이다. 장소는 아바나에 있는 한인 후손회 건물이지만 댄서들은 한인이 아닌, 케이팝을 애호하는 쿠바인이다. 오늘 한인 후손회에서 모임이 있다고 해서 그간 쌓은 춤 솜씨를 발휘하기 위해 나온 것이다. 이제 케이팝

메들리에 맞춰 댄서들은 춤을 출 것이다. 다음 장면은 더 이상 떠올리지 말자. 표정이 상황을 대변한다. 당신은 웃어야 할 때와 웃음을 참아야 할 때를 구별할 줄 안다. 참고로, 반제국주의 광장의 미국 대사관 가까운 곳에는 아바나 시민들이 운영하는 (아마도) 케이-컬처 팬클럽 사무실이 있다.

아바나에서 현지 생활을 도와주는 코디네이터

는 첫 만남에서, 어쩌다 여기 올 생각을 했나요? 쿠바는 자유로운 영혼을 가진 분들이 오시더라고요, 하고 말했다. 당신은 그 말이 환영의 인사가 아님을 안다. 당신은 조만간 예상치 못한 불편을 겪을 테고, 영혼을 자유롭게 풀어놓고 싶을 만큼 괴로울 수도 있으니 각오하라는 소리일 수 있다.

당신이 아바나를 싫어할 만한 이유는 쎄고 쎘다. 스페인어를 모르면 식당에서 곤란해질지도 모른다. 외국인에게는 이중 환율제를 적용하니, 원화의 환율 덕을 보겠다는 기대는 첫날 깨질 수도 있다. 동남아의 쩜통더위하고는 또 달라서 당신은 태양이 미친 것을 보게 될 것이다. 듣자니, 여름의 절정에는 바닷물까지 뜨듯하다고 한다. 은행 자동 인출기를 써야 하는데 비자 카드가 없다면 당신은 큰 곤란을 겪게 될 것이다. 비자 카드가 아니면 매번 침을 뱉듯 뱉어낼 것이고, 신용 결제가 되는 가게는 거의 없다.

우산 파는 곳을 찾는 동안 당신은 비에 흠뻑 젖을 수도 있다. 당신이 한국에서와 똑같이 생활하고 싶다면, 아바나가 싫어질 것이다. 당신의 영혼이란 변화를 싫어해 습관과 규범에 묶여 있고, 귀가 얇아 통념에 휘둘릴지도 모른다. 하지만 코디네이터의 말처럼 이런저런 영혼의 족쇄를 훌훌 벗어던질 수 있다면, 당신은 아바나에서 즐거움을 느끼게 될 것이다.

　　낯선 나라의 낯선 도시에 가서 일부러 짬을 내
현지 시민들의 일상을 둘러보는 일은 생각만큼 쉽지 않다.
당신처럼 외국에 자주 나가지 못하고, 길게 머물 형편이 되
지 않는 여행객은 이름난 곳부터 둘러보게 된다. 몇 해 전
에 당신은 중국 북경에 갔다가 그곳 시민들의 일상을 보고
오리라 다짐했으나 일정 대부분을 만리장성과 천안문, 자
금성을 돌아보는 데 썼다.

　　그때의 여행을 떠올리면, 만리장성 가는 버스를
잘못 타서 반나절을 거꾸로 달렸던 일, 어떻게든 되겠지 하

는 심정으로 골목길을 한참 걷다가 우연히 들어선 재래시

장의 풍경, 숙소에서 지도도 없이 묻고 물어 '798예술구'까

지 걸어갔다 다시 걸어 돌아온 경험 같은 고생스럽고 당혹
스러웠던 기억들만 줄을 잇는다. 그런 예기치 않은 일들이
여행의 즐거움, 북경에서 맛본 행복이 아니었을까. 단지 만
리장성과 자금성을 보고 싶을 뿐이라면, 비행기를 타고 북
경까지 갈 이유가 없다. 구글이 있으니까.

　　　아바나의 어느 집 마당 풍경은 어떤 관광 명소
보다 당신 기억에 뚜렷하다. 배불뚝이 중년과 어린아이는
어떤 관계이고 무슨 얘기를 나누고 있을까. 여행객의 기억
에 오래도록 생명의 불씨를 살려주는 것은 바로 이런 현지
인의 삶의 현장이다.

아바나의 많은 볼거리들은 관광지도에 나오지
않는다. 그저 걷다가 우연히 마주한 장소, 우연히 도달한 시

간에 당신은 매번 다른 매력을 발견한다. 이를테면 숙소가
있는 베다도 지역에서 카피톨리오가 있는 센트로 아바나
로 가는 길 어디쯤에서 발견한 저 아파트 건물처럼. 당신에
게 아바나의 건물은 과거의 것, 현재의 것, 두 종류였다. 과
거의 건물은 회칠이 떨어져 나가고 녹이 슬고 바닷바람에
구멍이 숭숭 뚫렸고, 현재의 건물은 강철로 뼈대를 만들고
콘크리트를 붓고 유리로 장식했다. 하지만 저 아파트 건물
처럼 부드럽게 라운드진 발코니를 가진 건물은 없었다.

　　　방파제에 밀려드는 여러 층의 물결을 직각으로
세워놓은 모습의 발코니. 저 아파트는 당신이 아바나에서
본 가장 유연한 인상의 건물이었다. 사회주의 체제를 상징
하는 딱딱하고 각진 세계관에 문득 스며들기 시작한, 부드
럽고 말랑말랑한 몽상을 표상하는 듯했다. 게다가 두 건물
사이에서 언뜻 엿보이는 구름이라니. 열기가 지글거리는
가운데 마시멜로 같은 구름이 하얗게 끓고 있다. 그해, 그
계절, 그날, 그 시간이 아니면 다시 못 볼 광경이 길 건너편
에서 막 피어오르고 있었다.

당신은 이른 아침, 발코니에 나가 숙소 맞은편 건물을 바라본다. 3층짜리 스페인 식민지풍(사람들이 그렇게 부른다)의 고풍스러운 저 석조 주택은 1925년에 지어졌고(건물 이마에 그렇게 돋을새김이 되어 있다) 여전히 쓰러지지 않고 사람들이 북적대며 살고 있다. 1층에는 미용실까지 있어서 아바나 여성들의 일상도 훔쳐볼 수 있다. 당신이 짐을 풀었을 때 2층 오른편 공간은 공사 중이었고, 3개월이 지나 짐을 쌀 때도 여전히 공사 중이었다. 웃통을 벗은, 혹은 러닝셔츠 차림의 기술자들은 목재를 나르며 쿵쾅대다 우두커니 서서 거리를 내려다보곤 했다.

아바나 구도심으로 갈수록 건물을 완전히 허물고 새로 짓는 모습은 보기 힘들다. 숙소 맞은편 주택처럼, 백 년쯤 된 석조 뼈대는 그대로 두고 내부만 뜯어고치는 식

으로 공사가 진행된다. 아바나 비에하 전체가 유네스코 문화유산으로 지정되었다고 하니 허물기도 어려울 것이다. 내부가 휑하니 빈 채로 돌로 된 벽과 기둥만 남아 있는 건물들이 방치된 모습을 당신은 여러 번 보았다. 아바나의 시민들은 새로 집을 짓기보다는 끊임없이 고쳐가며 산다. 사진의 건물은 숙소 아래에 있는 관공서 건물이다. 어느 날 망치 소리가 들려 고개를 들어보니 두 기술자가 지붕에 걸터앉아 망치질을 하고 있었다.

———

빔 벤더스 감독이 영화로 찍은 〈부에나 비스타
소셜 클럽〉은 아바나의 명물이 됐다. 빔 벤더스는 쿠바 혁
명 이전에 활동했던 클럽 뮤지션들을, 오랜 세월이 지난

1990년대에 다시 불러 모아 곡을 만들었고 공연을 한 뒤 기록 필름으로 남겼다. 영화의 주인공들은 이제 대부분 고인이 되었다지만, 아바나의 호텔 내셔널의 '1930살롱'에서는 아직도 부에나 비스타 소셜 클럽의 공연이 열린다.

당신이 찾았을 땐 수영장이 있는 야외무대에서 연말 갈라 디너쇼가 열렸다. 남아 있는 원년 멤버는 베이스 줄을 튕기고 있는 저 할아버지 한 명뿐. 그렇다면 그것은 당신이 원하던 그 '클럽'의 음악이 아니지 않을까. 하지만 당신은 본질에 대해 생각한다. 클럽의 본질은 멤버가 아니라, 클럽이 추구하는 쿠바 전통음악, 라틴재즈다. 스타 시스템 같은 비본질적인 요소 때문에 본질을 놓치지 말자. 공연을 보며 쇼에 웃었고, 춤에 흥겨웠으며, 합주에 발을 굴렀고, 연주자들의 즉흥 솔로 연주에 감탄했다. 당신은 아바나의 퇴폐적인 1930년대 클럽 문화에 잠시 흥분한 상태로 놓여 있었다. 아바나의 거의 모든 곳에서처럼, 당신은 장소뿐 아니라 흘러간 시간까지 함께 방문했던 것이다.

배경의 정자를 보고 싶다면 당신은 말레콘의 끝까지 걸어야 한다. 아라베스크 무늬가 아름다운 모스크 정자는 실은 종교 건축물이 아니다. 풍경의 보이지 않는 오른편엔 1830년에 오픈한 레스토랑이 있고, 모스크 정자는 레스토랑 뒤뜰에 딸린 부속 건물이다. 어쩌면 인도 아그라의 타지마할을 염두에 두고 저런 모스크를 올렸을 수도 있다. 레스토랑엔 모스크 말고도 북경에나 가야 볼 수 있는 중국식 정원도 있다. 발아래에서는 바닷물이 출렁대고, 그 위의 교각 같은 시설들은 진짜 산호로 만들어졌다. 북경의 정원

은 발아래에서 연못물이 찰랑였다.

　　　　이슬람 모스크와 중국 정원을 거느린 레스토랑
자체는, 마카로니 웨스턴 총잡이 영화에서 보던 멕시코 건
축물을 떠올리게 한다. 노리끼리한 외벽에 황혼이 내리면
사막을 배경으로 더욱 뜨겁게 빛나던. 레스토랑의 출입문
을 열면 곧장 탁 트인 시야 너머로 바다가 보이고, 후텁지
근한 더위를 날려주는 바닷바람이 불어온다. 정자를 배경
으로 낚시꾼, 그늘을 찾아온 동네 주민, 순찰 중인 경찰이
있다. 그들은 웃지도 않고 싫은 내색도 하지 않았다. 그들
에게 당신은 아무 의미 없는 낯섦이었고, 당신에게 그들은
내색하기 어려운 반가움, 뜻밖의 즐거움이었다.

베다도

당신이 현관에 한 발을 걸치고 카메라를 들자
마당 너머 저 안쪽에서 당신을 발견한 아이들이 뛰어나온
다. 엄마인 듯 보이는 여성 둘은 아이들을 손짓으로 독려하
고 미소를 지어 보인다. 아이들은 이런 상황에 익숙한지 활
짝 웃으며 즉흥적으로 고안해낸 온갖 포즈를 연출한다. 발
레 동작을 취하는가 하면 어디선가 본 칼싸움 흉내를 내기
도 하고, 두 무릎을 굽히고 당신을 향해 씩 웃는, 뭔지 모를
포즈도 있다.

아바나의 시민들은 카메라를 피하는 경우가 거

의 없다. 당신이 언젠가 중학교 앞을 지나다 학생들이 쏟아져 나오기에 사진을 찍어도 되냐고 물었더니, 한 아이가 큰 소리로 친구들까지 불러 모아 단체 사진을 찍은 적도 있다. 길을 가다가 아무나 붙잡고 청해도 가던 걸음을 멈추고 잠시 자세를 취해준다. 당신은 물론 카메라를 의식하지 말아주세요, 억지로 포즈를 잡아 이 아마추어 사진작가를 실망시키지 말아주세요, 하고 속으로 애를 태우지만 아바나의 시민들은 아랑곳하지 않는다. 그들은 사진 찍히는 일을 즐긴다. 때때로는 베풀고 있다는 느낌까지 받는다. 친절한 마음으로, 멋진 한 컷에 굶주린 여행객을 위해, 자신이 할 수 있는 최대한의 포즈를 베푸는 것이다.

아
바
나
만

건
너

　　칼로 잘라놓은 듯 반듯한 저 낡은 건물은 코히
마르 마을에서 한참 더 깊숙이 들어간 주택가에 있다. 코히
마르에서 외국인 여행객들은, 헤밍웨이 동상까지 렌터카
를 타고 왔다가 기념사진을 찍고 후딱 아바나로 돌아간다.
중국인들은 전세 버스로 와서 마찬가지로 후딱 사진을 찍
고 아바나로 돌아간다. 좀 더 여유가 있는 여행객들은 헤
밍웨이가 낚시 전후에 식사를 하고 술을 마셨다는 '라 테레
사' 레스토랑까지 들어와보기도 한다. 하지만 현지의 낚싯
배들이 낚시를 준비하고 고기를 다듬어 저장하고 밤사이

배를 정박해두는 선창이 있는 곳까지, 코히마르 마을 안쪽
으로 깊숙하게 걸어 들어오는 여행객은 없다.

　　　당신은 가이드북에도 없고 지도에도 나오지 않
아 결코 알 수 없는 이 지역을 벌써 여러 차례 탐사했다. 차
도 들어올 수 없는 길을 2킬로미터쯤 걸어서, 선창이 있는
비좁은 하구 위에 설치된 도개교를 건너면 열대우림과 아
파트촌을 버무려놓은 듯한 풍광의 마을이 나온다. 꽤 큰 규
모로, 학교와 상가와 공원과 주택단지가 줄지어 있다. 버
스도 다니지만 어디로 가는지는 알 수 없다. 당신은 아직도
이 마을의 이름을 모른다. 하지만 그 근처에 떨어뜨려놓고
다시 가보라고 하면 갈 수 있을 정도로 기억이 생생하다.
당신을 경이감으로 충만하게 한 장소였다.

등대가 있는 모로성과 카바냐 요새를 보고 싶다면 프라도 거리에서 58번 시내버스를 타면 된다. 센트로파크 쪽 첫 번째 교차로, 호텔 세비야 근처다. 정류장을 찾기도 힘들고 버스도 좀처럼 오지 않는다면 택시를 탈 수도 있다. 무엇을 타든 차는 터널로 들어가 바다 밑을 달린다. 버스를 탔다면 터널을 나와 톨게이트 같은 곳을 지나서 바로 내리면 된다. 야트막한 언덕길을 따라 올라가면, 당신이 중세 유럽을 다룬 영화에서나 보던 성채가 있는 풍경이 나온다. 주물로 만든 길쭉한 포신이 매끄러운 잔디밭에 누워 있다. 모로성이다.

아바나의
시민들

아바나만 건너

하지만 당신은 정작 모로성과 카바냐 요새에서 아바나의 다른 측면을 볼 것이다. 당신이 방금 건너왔던, 지난 석 달 동안 햇볕에 타고 땀에 절면서 돌아다닌 그 아바나를 바깥에서 보고 눈을 떼지 못할 것이다. 사람들은 숲을 보라고 하지만, 숲을 보려면 일단 숲에서 나와야 한다. 아바나에서도 그 일은 생각만큼 쉽지 않다. 당신은 너무 세계 안쪽에서만 부대끼며 살았다. 그런 삶이 당신의 시야를 기계 눈의 디스플레이 틀 속에 한정 지어 놓았는지도 모른다. 이제 당신은 모로성 성채에서 지도를 내려다보듯 아바나 시내를 조망한다.

아무리 두꺼운 가이드북이라도 여행지의 전부를 담을 수는 없다. 아바나처럼 작고 귀여워도 알려진 바가 거의 없는 여행지는 특히 그렇다. 하긴 뉴욕처럼 잘 알려진 곳도 가이드북에 전부 담을 수는 없다. 그러려면 뉴욕만 한 크기의 책을 제작해야 하기 때문이다. 카바냐 요새로 올라가는 도보 길에서 왼편으로 빠지면, 군부대와 야외 무기 전시장이 나오고 계속 걸어 올라가다 보면 사진의 거대한 예수상에 이르게 된다. 바다 건너 아바나 항구에서 먼발치로 보이는 바로 그 예수상이다. 당신은 아바나 항구를 걸을 때면 가이드북에 나오지 않는 그곳이 늘 궁금했다. 그러다 어느 날, 카바냐 요새를 가다가 아무 생각 없이 옆길로 샜고, 한참 후에 저 예수상의 발치에 가 닿았다. 가까이 가보면 높이는 상당하지만 무게감은 그리 느껴지지 않는, 야릇하게 마음에 부담 없이 다가오는 예수상이다.

그 왼편 옆길을 따라 계속 내려오면, 카사블랑카 항구가 나온다. 선착장이 있고 여객 터미널이 있고 배를 수리하는 곳도 있다. 다시 왼편 길로 계속 가면 현지 관광 지도에도 나오지 않는, 외국인의 때가 타지 않은, 말 그대로 현지인들만의 동네가 나온다. 당신이 추천하고 싶은 곳이 바로 이 이름도 모르는 동네다. 이곳에서 당신은 아바나 서민들의 진짜 일상과 동네 풍경을 살짝 엿볼 수 있었다. 당신은 아바나에서 그런 곳을 세 군데 가봤다. 한 곳은 지금도 어딘지 모르는 센트로 아바나 남쪽의 어느 동네이고, 다른 한 곳은 코히마르에서 선착장을 지나 깊숙이 들어가

야 나오는 동네다. 가이드북에도 없고 지도에도 없고, 따라
서 외국인의 흔적도 없는, 동네 주민들도 외국인을 별로 만
나본 적이 없는 동네들이다.

———

하루에 당신은 웹 서핑이나 SNS에 몇 시간이나 쓸까. 일하는 틈틈이 들여다보고, 길 걷는 틈틈이 들여다보고, 새벽 세 시에 문득 눈이 떠질 때도 휴대전화를 찾아 트위터를 연다. 일터에서의 산만함과 침대에서의 불면이, 휴대전화가 유력한 원인이라는 기사도 페이스북에서 읽었다. 당신은 고작 전기면도기 하나를 사기 위해 두 시간 동안 쇼핑 사이트를 헤맨다.

하지만 당신은 놀아야 할 시간에 놀고 있을 뿐이라고 생각한다. 누구는 산을 오르고 농구를 할 시간에,

당신은 SNS를 띄워놓고 열심히 스크롤을 내리고 있을 뿐
이라고. 문제는 비행기를 타고 그 익숙한 놀이의 방식이 통
하지 않는 곳으로 날아갔을 때 생긴다. 아바나 얘기다. 당
신이 가입한 한국 통신사는 쿠바에서는 로밍 서비스를 제
공하지 않는다. 쿠바에서 인터넷을 하려면 와이파이 존을
찾아 노상에 서서 해야 한다. 이메일을 확인하기 위해 당신
은 매번 숙소를 나와 언덕을 넘어 호텔 리브레 앞 교차로까
지 가야 했다. 익숙한 삶의 습관을 가차 없이 하루아침에
포기해야 할 때의 흥겨운 충격은 이루 말할 수 없다. 그렇
게 해서, 아바나는 인터넷 중독을 치료하는 아주 훌륭한 휴
양처가 된다.

등대지기의 이름은 페르난도. 아바나 항구 맞은
편 모로성을 돌고 있는데, 그가 등대 창문에서 당신을 불렀
다. 등대에 오르자 어느 나라에서 왔냐고 물었고, 당신은
평소처럼 싱가포르에서 왔다고 하려다 분위기가 바람직하
게 느껴져 한국에서 왔다고 했다. 그러자 그는 북한이냐 남
한이냐 다시 묻고는, 남한이라고 하자 관물을 넣은 서랍을
열고 뒤적이더니 태극기를 찾아냈다. 서랍마다 온갖 나라
의 국기가 잘 개켜져 층층이 쌓여 있었다.

페르난도는 어느 국적의 배가 들어온다는 보

고가 있으면 국기를 준비했다가 시간에 맞춰 게양을 한다
고 했다. 그러면서 360도로 난 창문을 하나씩 돌아가며 이
야기를 들려줬다. 망원경을 보게 해주기도 하고 선박에 광
선을 쏘아 보내는 방법을 설명해주기도 했다. 당신은 등대
내부가 그토록 넓다는 사실에 놀랐다. 수교도 안 된 나라
의 등대가 태극기를 마련해놓고 있다는 사실에도 놀랐다.
1630년에 완공된 모로성에 딸린 유물이라고만 생각했던
등대는 아직도 역할을 다하고 있었다. 태극기를 들고 있다
고 해서 저 친절한 등대지기가 애국 보수라고 생각해서는
안 된다. 태극기의 사이즈가 특호에 가깝다고 해서 애국 보
수하는 마음도 그만큼 클 거라고 생각해서는 안 된다. 그는
쿠바인이고, 그저 자기 할 일을 하고 있을 뿐이다.

소크라테스의 연인들은 그를 '아토포스^{atopos}'라
고 불렀다. 아토포스라는 별명은 마르지 않는 사랑의 매
력이 어디서 비롯되는지를 알려준다. 장소를 의미하는
'topos'에 결여, 부정을 나타내는 접두사 'a'가 붙어 '어떤
장소에 고정될 수 없다'는, 더 나아가 '정체를 헤아릴 수 없
다'는 뜻의 아토포스가 된다. 롤랑 바르트에 따르면 "사랑
하는 사람은 사랑의 대상을 아토포스로 인지한다".★

어느 한 정체에 고착되지 않고 끊임없는 독창성
으로 자신을 새롭게 하는 그/그녀는 사랑을 잃지 않을 것

★ 롤랑 바르트, 「사랑의 단상」, 김희영 역, 문학과지성사, 1991년, 55쪽.

이다. 당신에게는 아바나가 정확히 아토포스였다.

　　하지만 아토포스는 또한 사랑하는 이의 입장에서는 불행의 언표일 수 있다. 사랑하는 이는 소크라테스처럼 아토포스가 될 수 없다. 그는 '사랑하는 이'라는 정체에 기꺼이 고착되어야 하고, 사랑하는 대상이 잘 바라다보이는 장소에 정주해야 하며, 변덕을 부렸다간 사랑을 잃을 것이라고 매 순간 자신을 닦아세워야 한다. 이것이 오늘도 넋을 앗길 순간을 기대하며 아바나 비에하를 걷는 당신의 정체이자, 불행이다. 아바나만 한 다른 아토포스를 찾기 전까지 당신은 한국에 가서도 사랑의 이름으로 아바나에 붙들려 있을 것이다. 당신은 경험적으로 이 아토포스 이야기가 옳다는 것을 안다. 지난 20여 년간, 당신의 아토포스는 1998년 여름의 인도였다.

아바나의
시민들

카바냐 요새에서 돌계단을 따라 해안으로 내려
가면 인적이 드문 곳이 나타난다. 그곳은 유적지 내부에 있
으면서 관광용으로 개발되지 않은 곳이다. 땅은 질고 풀이
무성하며 이따금 떠돌이 개가 돌아다닌다. 당신은 아바나
에서 언제나 겁이 없었으므로, 겁이 없다기보다는 차라리
한국에서처럼 둔하고 무감각했으므로, 카바냐 요새에 갈
때마다 그곳에 내려가곤 했다.

어느 날 제방을 둘러보다가 인기척이 들려 돌아
보니 올리브색 바지에 흰 티셔츠를 입은 두 남학생이 걸어

오고 있었다. 교복 차림의 앳된 소년들이었다. 당신은 카바나 요새로 걸음을 돌렸다. 그러다 뒤돌아보니 두 소년이 제방에 앉아 껴안고 키스를 하고 있었다. 당신은 얼른 카메라를 들어 사진을 찍었다. 하지만 줌 성능이 부족해 멀리 있는 두 연인을 제대로 잡을 수가 없었다. 두 연인은 당신을 눈치채고는 웃으며 손가락을 치켜 보였다. 그리고 다시 부둥켜안았다. 당신은 가슴이 쿵쾅거렸다. 몰래 사진을 찍으려다 들켜서인지, 아니면 게이들이 애정 행각을 들키면 부끄러워할 것이라고 미루어 짐작한 당신의 편견이 부끄러웠기 때문인지는 알 수 없었다. 어쨌든 그 게이 커플이 사랑을 탐닉하는 장면을 제대로 잡아내지 못한 당신의 실력은 마땅히 부끄러워할 만한 것이었다.

아바나의
시민들

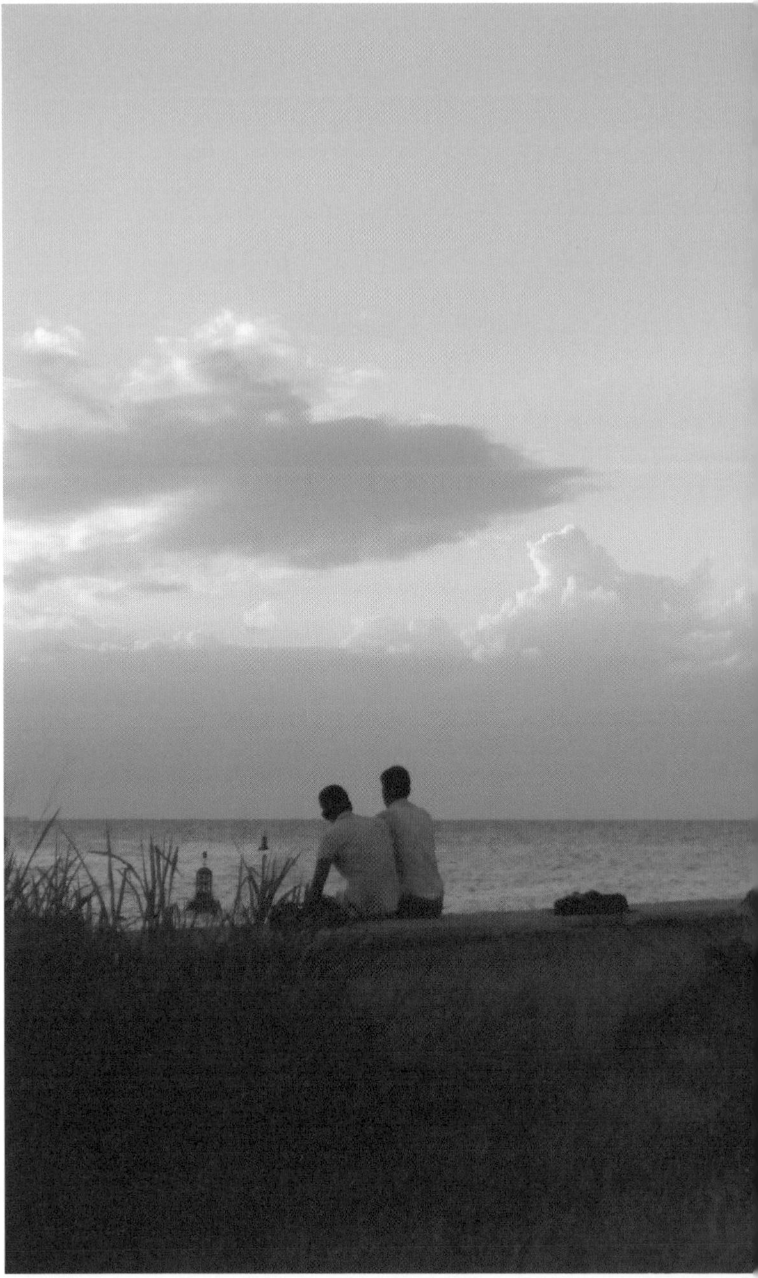

카
피
톨
리
오

인
근

당신은 어째서 세계의 정치적인 용도의 건물들
이 종종 둥근 지붕을 가졌는지 궁금하다. 광화문에 있다 지
금은 철거된 조선총독부 건물도 둥근 지붕이었고, 여의도
국회의사당 건물도 둥근 지붕을 이고 있다. 그러고 보니 미
국 국회의사당도 둥근 지붕이다. 서양의 첨탑 지붕에 대해
서는, 교회 신도들의 기도가 한시라도 빨리 하늘에 가 닿게
하려고 뾰족하게 지었다는 농담이 있다. 교회의 첨탑 지붕
이 신앙의 송신용 안테나 역할을 하는 것이다.

둥근 지붕은 무덤에서 나왔다. 지금은 이스탄

카피톨리오인근

불이라고 불리는 콘스탄티노플에서 번영한 서양의 비잔틴 양식은 동방의 무덤 형식을 차용한 것으로 알려졌다. 그러고 보니 카피톨리오나 국회의사당의 둥근 지붕은 당신 할머니 산소의 봉분 같기도 하다.

　　아바나에서든 여의도에서든 둥근 지붕은 랜드마크 역할을 한다. 삶에서 마침내 길을 잃었을 때 우리는 죽음을 향해가는 것이다. 더 간단히, 삶은 죽음을 향한 도정이다. 기독교 신앙은 그 죽음이 끝이 아님을 필사적으로 보여준다. 죽음이 끝이 아니라는 신앙을 지키기 위해 때때로 광신도들은 역설적이게도 삶을 버린다. 그렇다면 정치는? 우리의 세속 정치는 그저 무덤 속과 같을 뿐이다.

이 글이 저장되는 폴더의 랜덤으로 설정된 이름
이 원앙이다. 원앙. 그저 사전적인 의미로 금실이 좋은 부
부를 이르는 비유. 아바나에도 원앙 같은 축복의 기능을 가
진 비유가 있을까. 프라도 거리에서는 결혼식 풍경을 드물
지 않게 볼 수 있다. 신랑 신부가 걸어 나오는 저 건물이 예
식장인지도 모른다. 아바나는 외국인 여행객을 위한 장소
가 아닌 한 간판을 잘 달지 않고, 달더라도 작은 크기에 겨
우 주소만 적혀 있는 정도다. 현지인들만 상대하는데 광고
문구가 적힌 커다란 간판이 왜 필요하냐는 식이다.

아바나의 결혼식도 한국과 크게 다르지 않다. 신랑 신부가 멋진 예복을 차려입고 평생 한 번뿐인 결혼사진을 근사하게 찍고, 예식을 올리고, 붉은 카펫이 깔린 계단을 팔짱을 끼고 우아하게 걸어 내려와, 건물 앞에 주차된 웨딩카에 올라탄다. 웨딩카는 아바나답게 무개차에 원색이 번쩍이는 올드카이고, 총천연색 풍선들로 장식되어 있다. 신혼부부는 웨딩카에 올라 개선장군처럼 뒷좌석 등받이에 엉덩이를 걸쳐 앉고서, 아바나 시내를 한 바퀴 돈다. 말레콘을 거치기도 한다. 마주친 행인들은 환호를 지르고 여행객들은 셔터를 눌러댄다. 그들은 그렇게, 결혼식 하객뿐 아니라 아바나 시민 전체의 축복을 받는다.

당신은 아마도 사진을 찍으며 남은 생을 살아갈 수 있을 거라고 생각한다. 사진기를 들고 다니며 거리에서 행인들을 상대로 사진을 찍어주고, 즉석에서 인화해서 건네준 뒤, 약간의 수고비를 받는다. 지금은 거의 사라진 야외 사진가들은 당신이 어렸을 때 과천 서울대공원에서 본 기억이 나고, 멀리 인도의 아그라에서도 보았으며, 지금 아바나의 카피톨리오에서는 아직도 볼 수 있다.

어느새 카피톨리오의 명물이 된 이 늙은 사진가는 가장 오래된 카메라를 이용해, 첨단기술이 집약된 휴대

카피톨리오 인근

전화의 카메라를 따돌린 사진가다. 아바나의 시민들이건
외국인 여행객이건 줄까지 서가며 손바닥만 한 흑백 기념
사진을 얻기 위해 기다린다. 사실 흑백이라고도 말할 수 없
는, 때때로 거의 녹색에 가까운 단색조 사진이다. 이런 오
묘한 색조는 아이폰이나 갤럭시폰의 최신 필터로도 구현
해낼 수 없다(혹은 구현해낼 필요를 못 느끼고, 또한 이런
오류는 복제할 수조차 없다). 아바나의 늙은 사진가는 세상
에서 단 한 장뿐인, 단 한 곳에서만 찍을 수 있는 사진으로
승부를 걸어 이긴 셈이다. 계산은 그의 곁을 지키는 걸쭉한
목소리의 아내가 한다. 그의 아내는 그가 오류의 예술에 집
중할 수 있도록, 계산을 비롯한 자질구레한 일들을 처리해
준다.

프라도 거리의 첫 번째 교차로에는 58번 버스 정류장이 있다. 58번을 타고 해저 터널을 건너면 모로성이 있는 카바냐 요새에 갈 수 있다. 58번 버스로 그냥 30분쯤 달리면 헤밍웨이의 『노인과 바다』의 배경이 된 코히마르 마을이 나오는데, 사실 이런 이야기는 별로 중요하지 않다. 당신은 아바나에서 택시를 탈 것이고, 바쁜 일정에 코히마르까지 들를 겨를이 없을 것이고, 버스 노선은 늘 바뀌기 마련이다. (아바나 시내버스 노선도는 관광안내소에 가면 잘 만들어진 지도로 구할 수 있다.)

아바나의
시민들

　　중요한 것은 당신이 58번 정류장에서 이 예비 발레리나를 봤다는 사실이다. 발레 연습용 타이츠를 입고, 발레 동작처럼 두 발을 벌리고 서서 버스를 기다린다. 머리는 번 스타일로 동그랗게 말아 올렸고, 등허리가 꼿꼿이 서 있다. 사진을 찍어도 되겠냐고 묻자 웃으며 몇 가지 포즈를 취해준다. 그러고는 버스가 잘 오지 않는지 근처 공중전화로 가 전화를 건다. 아바나에서 심심찮게 볼 수 있는 발레리나 차림의 학생이다. 발레리노도 많다. 쿠바의 혼혈인종은 팔다리가 길고, 몸매가 늘씬하며, 무엇보다 아름답기에 발레에 딱 적합해 보인다. 당신은 엉뚱하게도 한국의 미남미녀들이 아바나에 와서 좀 겸손해져 돌아갔으면 하는 생각을 한다.

———

　　아바나에 활기가 넘치긴 하지만 젊음만 있는 것
은 아니다. 카피톨리오 뒤편의 차이나타운 깊숙한 곳에서
당신은 현지인들이 좋아한다는 중국 음식점을 찾고 있었
다. 그러다 근처 골목에서 기이한 종류의 소형 탱크들과,
그 앞을 지키는 듯한 노인을 봤다. 강렬한 볕과 짙은 그늘
은, 깨어 있을 때도 노인을 잠든 것처럼 보이게 한다. 그래
서 당신은 아마 노인이 잠든 줄 알고 셔터를 눌렀을 것이
다. 하지만 노인은 천천히 고개를 돌렸고, 모자챙 그늘 밑
의 시선으로 당신을 쳐다보았다. 아바나 비에하 주택가의

다른 골목에서 만난 두 노인도 당신에게 미소 짓지 않았다. 호의를 바란 건 아니지만 이건 아바나 시민들의 일반적인 반응이 아니었다. 노인들은 무례한 당신의 태도에 화가 났을지도 모르고, 얼굴을 활짝 펼 기력이나 친절을 베풀 마음의 여유가 바닥난 상태인지도 모른다. 철시한 건물처럼 그들의 마음에서도 무언가가 철시한 것일까.

　　　사진을 정리하다가 당신은 깜짝 놀랐다. 노인을 찍은 사진이 상당히 많았기 때문이다. 노인은 아마추어 작가에게 인기 있는 피사체가 아니다. 뺨에 팬 깊은 주름 따위를 근접 촬영함으로써 세월의 무상함이랄지, 운명 같은 것을 상투적으로 드러낼 때가 아니면 노인을 즐겨 찍지 않는다. 보통은 고양이, 개, 어린아이, 젊은 여성이 주로 환영받는다. 하지만 당신은 노인에 대한 사진을, 마치 자기 자신에 대한 애도인 것처럼 줄기차게 찍었다. 곧 늙을 당신에 대한, 다시는 돌아오지 않을 당신의 젊음에 대한 애도인 것처럼.

이날 당신은 산책하러 나갔다가 길을 잃었다. 틀림없이 말레콘과 나란한 방향으로 걷고 있다고 생각했는데 정신을 차리고 보니 어딘지도 모를 곳에 와 있었다. 아바나 자체가 워낙 낯선 곳이라 지도도 쓸모가 없었다. 말레콘은 북쪽이다, 파도 소리가 들리는 쪽으로 가자. 하지만 당신은 북쪽이 어딘지도 모르고, 파도 소리는 들리지 않았다. 그래도 당신은 계속 걸었다. 이미 길에서 외국인 여행객은 사라져 보이지 않았다. 쿠바는 멕시코나 아이티 같은 주변 국가와 한데 묶여 위험한 여행지로 잘못 알려졌고 그

래서 억울한 감이 없지 않다. 그리고 그런 탓인지 관광 지
역을 조금만 벗어나도 외국인을 찾아보기 힘들다.

　　　이날 당신이 헤맸던 지역은 나중에 알고 보니
베다도에서 상당히 벗어난, 아바나의 깊숙한 곳이었다. 그
흔한 외국인을 위한 레스토랑도, 올드카 택시도 없는 곳이
었다. 그곳의 시민들에겐 외국인, 그것도 동양인 관광객이
오히려 구경거리였는지 재밌어하는 표정으로 바라보거나
말을 걸어오기도 했다. 당신은 아바나가 위험하지 않다고
생각하지만, 사실 성인 남성에게 세계 대부분의 관광지는
크게 위험하지 않다. 그리고 당신은 이제 아바나에서 길을
잃었을 땐 무엇을 찾으면 되는지 알고 있다. 카피톨리오의
큐폴라, 둥근 지붕을 향해 걸으면 된다.

카피톨리오 인근

프라도 거리의 북쪽 끝은 말레콘에 닿아 있고, 남쪽 끝은 센트럴파크에 닿아 있다. 카피톨리오가 바라보이는 센트럴파크에서 오비스포 거리로 방향을 틀 수도 있다. 아바나를 훑어볼 수 있는 시티투어 버스가 출발하는 정류장이 있기도 하다. 프라도 거리는 사실상 아바나 관광의 출발점이자 종착점이다.

당신은 프라도 거리를 통해 아바나의 어느 지점이든 쉽게 갈 수 있다. 처음 프라도 거리에 발을 들여놓았을 때, 당신은 서울 대학로의 마로니에 공원을 떠올렸다.

'마로니에 공원'이라는 이름이 떠올리게 하는, 오래 잊고
있던 어떤 환상을 되찾은 기분이었다. 대학로 마로니에 공
원이 한 번도 당신의 환상이었던 적은 없었다고 해도 말이

다. 청량한 아름드리 가로수와 반질반질 윤이 나도록 닳은
상앗빛 대리석 길, 가로수 그늘 아래 시민들의 편안한 표정
들이 조화를 이룬 1킬로미터 남짓한 직선의 산책로. 당신
은 사라진 옛 고향의 모습을 전혀 다른 세계의 귀퉁이에서
되찾은 여행객처럼 매일 프라도 거리를 걸었다. 당신이 마
로니에 공원이란 이름에 어떤 환상을 품었다면, 그리고 현
실의 모습에서 얼마간 실망했다면, 그 환상의 성공적인 실
체를 프라도 거리에서 발견할 것이다.

가수가 뭘 부르는지는 몰라도 박자가 어긋나고 음정이 틀렸다는 정도는 알 수 있다. 하지만 그가 그저 못 부르기만 했다면, 사진도 찍지 않았을 테고 이렇게 기억에 남지도 않았을 것이다. 음정이 삐져나올 때마다 눈썹이 꿈

틀대는 그는 진지해서 더 웃겼다. 그는 진지함이 지나쳐 공격적으로 보이고, 기타 반주자는 그런 그를 못마땅한 표정으로 바라보고 있다. 그가 진지하면 할수록, 가볍게 지나칠 수 있는 거리 공연은 더 웃기는 어릿광대 놀음이 될 것이다.

하지만 당신에게는 실용적인 깨달음 하나가 있다. 다른 사람의 못남에 관대해야 한다는 것이다. 그건 창피함을 무릅쓰고 무대에 올라 곡 하나를 끝까지 부르는, 훈련이 덜 된 가수를 배려하려는 것만은 아니다. 당신 자신도 언제든 누군가의 웃음거리가 될 수 있음을 알기 때문이다. 그래서 당신은 웃음이 터지기 전에 먼저 카메라를 들어 얼굴을 가렸고, 진지한 마음으로 순간을 골라 셔터를 눌렀다. 프라도 거리에서 본 그의 공연은 한국의 버스킹과는 다르다. 그의 발치에는 뒤집어놓은 모자나 뚜껑 열린 기타 케이스가 없다. 당신은 1달러를 꺼내지만 놓을 곳이 없다. 물질로 환원되는 대가는 그가 원하는 것이 아니다.

아직 그 장소에 있는 듯이 아바나의 태양이 느껴진다. 태양을 찍지 않았어도 모든 사진에 태양이 있다. 낮이 지고 밤이 찾아와도 태양은 열기로 남아 있다. 낮의 눈부심도 잔상처럼 한밤까지 머물러 있다. 열기와 눈부심, 태양 아래 아바나는 모든 것이 뜨겁고 눈부시다. 프라도 거리의 가로수 이파리는 더 푸르러지고, 백 년 동안 닳은 거리는 더 창백해지고, 도로를 횡단하는 찰나의 그림자는 더할 나위 없이 짙어진다. 아바나에서의 첫날, 생수를 사기 위해 숙소를 나갔다가 십 미터도 채 걷지 않아 얼굴이 벌겋

게 익어버렸던 기억이 난다. 당신과 아바나의 태양 사이에는 대기 외에는 아무것도 놓여 있지 않다.

아바나의 올드카 행렬이 카피톨리오 앞 대로가 아닌, 미세먼지가 두껍게 낀 서울 중구 충무로를 지나간다고 생각해보자. 올드카는 충무로에서 더 이상 빛나지 않는다. 짝을 잃고 의기소침해진 것처럼 후줄근해 보일 수 있다. 긍정적으로 부각되지 않고 부정적으로 튀어 보일 것이다. 당신은 선명함을 잃은 원색이 얼마나 지저분해 보이는지 생각한다. 자동차가 없는 도시는 상상할 수 없는 시대지만, 의외로 자동차가 사진에 잘 나오는 도시는 드물다. 당신이 가본 도시들 가운데 자동차가 도시 풍경에 호흡처럼 잘 녹아 있는 곳은 아바나가 아니라면 샌프란시스코 정도다. 아바나의 거리에서, 올드카의 원색은 아직 초자아의 억압을 모르는 아이처럼 천진난만하게 빛난다. 태양은 올드카의 짝이다. 둘은 서로의 가치를 높이며 함께 기억되고, 떨어질 수 없다.

대중매체가 시민들의 눈을 잡아끌지 못한다면, 시민들 스스로가 즐길 거리를 자아낼 것이다. 스스로 인라인스케이트 선수가 되고, 스스로 댄서가 되고, 스스로 캔버스에 자기 환상을 옮기고, 스스로 공을 들고 거리로 나가 맨발로 축구를 할 것이다.

인간은 소비할 때가 아니라 생산할 때 양질의 만족을 느낀다. 백화점에 가서 한도까지 카드를 긁으면서도 당신의 허전함이 여전한 건 그 때문이다. 그 공허함은 견딜 수가 없다. 앙리 르페브르의 말처럼 "소비는 행복

이 아니다. 부유와 안락은 기쁨을 가져다주기에 충분치 않다".* 거실 소파에 앉아 텔레비전을 보고 한순간 즐겁더라도 그 행위는 소비에 가깝다. 텔레비전 앞에서 당신은 문화의 소비자일 뿐 생산자가 아니다. 그러니 아무리 사소한 것

★ 앙리 르페브르, 『현대세계의 일상성』, 박정자 역, 세계일보사, 1990년, 143쪽

이라도 생산해볼 것. 거실에서 연인과 살사 스텝을 맞춰본
다든가, 프라도 거리에서 스케이트보드를 타고 맥주병 주
위를 돈다든가, 망치를 뚝딱거려 당신의 그림을 넣을 액자
를 만들어본다든가. 그래서 당신도 하찮지만 자기만의 사
진을 생산해보려는 것이다. 중요한 것은 결과보다는 생산
의 행위이고 실천이다. 권태는 그때야 비로소 물러날 것이
다. 생산의 행위 자체가 행복이다. 아바나의 시민들은 생산
의 실천에 익숙하다. 아바나의 시민들이 어딘지 모르게 당
신보다 행복해 보인다면, 이 때문일 수 있다. 그들은 우연
히도 대중매체가 시원찮은 아바나에서 태어나 살게 되었
고, 필연적으로 문화의 소비자가 아닌 생산자가 되어야 했
던 것이다.

저 즐거운 두 친구는 지금 당신을 놀리고 있다. 당신의 무엇이 저리 즐겁게 했을까. 당신의 추레한 등산 조끼? 반바지 아래로 드러난 흉측한 종아리? 저들만큼이나 까맣게 탄 피부? 카메라를 만지는 어설픈 동작? 무언가 농담을 던졌는데 당신이 전혀 반응이 없어서였을 수도 있다. 스페인어를 못 알아들으니 저 친구들에게 당신은 귀머거리나 다름없다. 아바나에서 당신은 놀림거리가 되는 데 익숙하다. 놀려라, 그대들이 즐거워하는 표정이 필요하다. 잘 웃고, 웃을 때 액션이 큰 것은 한국 학생들이나 다를 바 없다.

당신이 아바나 시내에서 볼 수 있는 교복 상의는 대개 흰색 셔츠이고, 바지든 치마든 하의는 올리브색 아니면 청색 두 가지다. 학교마다 교복 디자인이 다른 것 같지는 않다. 어떤 기준으로 하의 색깔이 달라지는 알 수 없지만, 당신은 교복 차림으로 아바나 시내를 쏘다니는 학생들이 많다는 사실이 흥미롭다. 당신이 고등학생이었을 때, 친구들은 학교가 끝나자마자 근처 화장실에 들어가 교복을 평상복으로 갈아입곤 했다. 교복은 학교에서만 입었다. 교복을 입고 다니는 것이 창피했던 것이다. 지금도 저 두 친구의 까르르까르르, 즐거워하는 소리가 귓전에 들리는 것 같다.

　　당신은 아이들을 사랑한다. 아이들을 보면 만져
보고 싶고 쓰다듬고 싶고 말을 붙이고 싶다. 사진을 찍고
싶다. 당신은 아이들이 당신을 향해 웃는 모습을 보고 싶
다. 그래서 아이들을 만나면 손을 흔든다거나 우스꽝스러
운 표정을 지어 반응을 이끌어내려 한다. 귀여운 아이들만
좋아하는 건 아니다. 병약해 보이는 아이들을 애틋해하고
지저분한 아이들을 걱정한다. 하지만 당신은 아이가 없다.
당신이 보는 아이들은 눈으로 볼 수 있는 아이들뿐이다. 당
신은 볼 수 없는 곳에서 아이들이 어떤 모습을 하고 어떻게

지내는지 조금도 알 수 없다. 당신은 아이들을 피상적으로
인지하고 있다.

아바나의 버스에서 만난 두 아이는, 당신의 맞
은편에 앉아 당신이 기대한 거의 모든 모습을 보여주고 있
다. 호기심 어린 표정, 부끄러워하는 손동작, 다정한 눈빛,
즐거운 미소, 외국인에 대한 본능적인 경계심, 귀여운 입속
말, 엄마를 찾는 눈빛과 목소리. 아이들의 엄마는 뒤에 앉
아 십 초에 한 번씩 목을 빼 카메라 셔터를 눌러대는 당신
을 바라본다. 하지만 엄마의 표정까지 기억에 담을 여유는
없다. 버스는 곧 서고, 당신은 아이들로부터 취할 수 있는
가장 얇은 겉모습, 사진 한 장만 겨우 가지고 내릴 수 있을
테니까.

아바나에서 여행객들은 올드카를 빌려 떼로 몰려다니며 카퍼레이드를 벌이기도 한다. 경적을 울려대고 양팔을 흔들며 소리를 지른다. 낡고 허술한 자동차 엔진과 머플러는 콸콸거리는 소음과 매연을 토해낸다. 그럴 때면 총천연색 햇살의 물결이 눈앞을 쏜살같이 스쳐 지나가는 듯하다. 1960~70년대 미국 배경의 할리우드 영화에서나 봤을 이 올드카들은, 실제로는 오래되지 않았을 수도 있다. 외관만 클래시컬한 디자인을 흉내 낸 새 차일 수도 있다. 물론 진짜 올드한 차도 많다.

지붕이 없는 올드카를 들여다보면 계기판의 단순함에 감탄을 하게 된다. 핸들, 바늘을 쓰는 속도계, 카세트테이프가 꽂힌 카스테레오 같은 것들이 눈에 띈다. 미니멀리즘에서 세련된 형식은 쏙 빼버리고, 앙상한 정신만 남겨놓은 현대미술 작품 같다. 언젠가 시외버스 터미널에 가기 위해 택시 뒷좌석에 타고 문을 닫았더니 손잡이가 빠져버렸다. 당신이 당황해서 어쩔 줄 몰라 하자 운전기사는 씩 웃으며 괜찮으니 그냥 두라고 했다. 뭐가 괜찮지? 손잡이가? 내 안전이? 올드카에서 소음 없이 미끄러지듯 나아가는 우아한 승차감을 기대해서는 안 된다. 하지만 올드카는 그래서 더 즐겁고 아름답다.

카메라 고칠 방법을 코디네이터에게 문의하니,
카메라 A/S센터는 쿠바에 없고 그냥 텔레비전이나 냉장고
따위를 고치는 만능 수리 기사한테 맡겨보는 수밖에 없다
는 대답이 돌아왔다. 실제로 아바나에서는 한국의 옛 전파
사처럼, 브라운관 텔레비전을 쌓아놓고 기판에 납땜을 해
가며 수리해주는 가게들을 볼 수 있다. 아바나의 상점들은
대개 사진처럼 허술해 보인다.

그렇다면 장물을 구할 수 있는 암시장은? 당신
은 빈곤한 나라의 범죄와 연결된 어두침침한 지하세계를

떠올린다. 그러고는 잠시 후, 이런 판타지가 빈곤한 나라에

달라붙은 통념과 편견의 표지라는 사실을 깨닫는다. 가난

하면 흔히 도둑놈에 깡패라고 믿었던, 당신의 어렸을 적 어

른들처럼. 그 어른들이 죄책감을 잊으려 가난한 이웃에게 덧씌웠던 그 혐의들처럼.

당신은 판타지를 떨쳐버리고 새 카메라를 구하려 하지만 여의치가 않다. 아바나에서는 카메라를 쉽게 구할 수가 없다. 당신은 그동안 카메라 파는 상점을 딱 두 곳 봤다. 상품도 두 종뿐으로, 비싼 디지털카메라와 싼 디지털카메라가 다였다. 당신은 싼 쪽을 샀다. 당신은 가난한 여행객이므로. 그래도 물리적으로 줌을 당길 수 있는 광학 줌 기능이 있어 당신은 새 기계 눈에 만족한다.

아바나 비에하에서 버스를 타고 40분쯤 아래로 내려가면 헤밍웨이 박물관이 나온다. 당신은 여행비도 아끼고 이참에 아바나의 대중교통을 이용해보자는 생각으로 사진 속 정류장에서 버스를 타고 갔다. 뒤편의 무너져가는 건물들을 보고, 차일 한 장 없는 빈약한 버스 정류장을 보고, 변변한 안내판 하나 서 있지 않은 정류장을 보고 당신은 질겁했을 수도 있다. 게다가 열대의 태양이 만들어내는 저 격렬한 콘트라스트라니.

카피톨리오 인근

쿠바는 한국보다 가난하다. 인구는 한국의 5분의 1 정도이고, 경제는 저개발 국가에 가깝다. 그러면 저 정류장 풍경은 가난한 나라 도시의 전형일까.

하지만 퇴락한 건물은 서울에도 흔하고, 달랑 표지판 하나뿐인 정류장은 얼마 전만 해도 서울 어디에나 있었다. 오히려 저 정류장은 쿠바의 경제가 쇠락했다는 것을 넘어 바닥을 쩍었다는 표지일 수도 있다. 경제봉쇄가 풀리면 쿠바의 경제는 에스컬레이터를 탈 수도 있다. 분명한 사실을 말해보자. 저 정류장은 당신 같은 외국인을 위한 것이 아니라, 표지판이 없어도 어떤 버스가 어디에 서는지 알고 있는 아바나의 시민들을 위한 정류장이다.

아바나의 차이나타운에서 마주친 청년은 광인을 떠올리게 한다. 백인의 은발에, 흑인의 짧은 곱슬머리를 하고, 어깨엔 두툼한 타월을 두르고 있다. 귀에는 금귀걸이를 하고 있는데, 오른쪽만이다. 당신은 궁금해한다, 서구 문명에서 오른쪽 귀걸이는 게이라는 뜻 아냐? 저 친구는 게이인가? 하지만 쿠바를 서구로 볼 수 있을까. 쿠바는 플로리다 해협 건너 미국의 마이애미가 지척이고, 유럽인의 후예인 백인들도 흔하게 볼 수 있으며, 주거용 건물부터 정부 청사까지 근대 스페인 건축양식을 따르고 있지만 어쩐

카피톨리오 인근

지 서구라는 생각은 들지 않는다.

서구는 유럽과 북아메리카의 자본주의 문명을 일컫는 말이 아닌가. 쿠바는 지리적으로는 중남미에 속하고 정치적으로는 사회주의 국가다. 당신은 동양풍 무늬가 프린트된 운동복을 입고 타월을 두른 저 은발의 물라토 청년이, 무엇에 저리도 넋을 빼앗기고 있는지 관심을 둔다.

좌우 건물이 소용돌이치며 빨려 들어가는 구도에서, 당신은 그의 시선이 가리키고 있는 소실점까지 가봤지만, 그곳엔 여전히 그곳을 바라보고 있는 그의 시선밖에는 없었다.

아바나 곳곳에서 춤 경연이 벌어진다. 프라도 거리뿐 아니라 동네 놀이터에서도 벌어지고, 예비 참가자들인 구경꾼들은 빈자리 없이 들어찬다. 당신 눈엔 아바나 시민들이 춤이라면 환장한 사람들처럼 보인다. 그들의 긴 팔다리는 오로지 현란한 춤 동작을 위해서 존재하는 것만 같다. 막춤이 아니다. 배워야 출 수 있는 춤, 파트너와 호흡을 맞출 줄 알아야 출 수 있는 춤이다. 자기 흥에 못 이겨 홀로 즐길 수 있는 춤이 아니다. 가족적이고, 공동체적이며, 사회적이다.

프라도 거리에서 가슴과 등에 번호표를 단 춤 선수들이, 밴드가 연주하는 곡에 맞춰 살사 춤을 춘다. 출전하는 데 남녀노소의 제한은 없다. 겨우 초등학생 정도로 보이는 아이에서부터, 일흔은 족히 될 노인들도 있다. 남녀가 마주 안고 조심스레 스텝을 옮기고, 참가자 전원이 나란히 늘어서 함께 리듬에 맞춰 앞뒤로 몸을 흔든다. 이것은 진짜 경연, 시합이다. 사회자는 진지하고, 심사위원은 근엄하며, 선수들은 최선을 다한다. 그들의 춤은 당신이 한국에서 오래전에 잃어버린 것을 일깨운다. 당신은 지금까지도 이 아름다운 어린 커플에게 박수갈채를 보내고 있다.

카피톨리오 인근

작가의 말

보통 짧은 글이든 긴 글이든 쓰고 나면 소모된 느낌을 받게 된다. 단편을 쓰고도 그 공허한 감정을 며칠이나 추슬러야 하고, 좀 긴 글을 마치고 나면 실제로 욕지기질을 하기도 한다. 언제나 그랬다. 안 그랬던 적이 없었다.

하지만 이 『아바나의 시민들』을 쓰고 나서는 오히려 충만한 감정을 가졌다. 믿기지 않게도 내 안에서 무언가 샘솟는 느낌을 강하게 받았고, 우울감도 느껴지지 않았다. 소모된 것이 아니라 글을 쓰면서 무언가 내 안에서 생산된 느낌이었다. 작가가 되고 나서 처음 경험한 신기한 느낌이었다.

원인은 모르겠다. 즐겁게 썼고, 여행 에세이가 원래 쓰고 싶었던 것이어서 그랬을 수 있다. 아마 내가 찍은 사진을 원료로, 그에 어울리는 글을 덧붙이는 2차적인 과정이라서 그랬을 수도 있다. 이유야 어쨌든 이번 경험은 오래 기억날 것이다.

책은 쿠바의 아바나를 다섯 구역으로 나누고,

각 구역에서 찍은 사진을 모아 글을 덧붙이는 식으로 썼다. 그러는 과정에서 사진의 순서를 일부러 뒤섞었다. 사진들을 안이 비치지 않는 자루 속에 넣어 흔든 다음 무작위로 꺼내 배치하는 식이었다. 극히 일부를 제외하면 대부분의 사진이 그렇게 차례가 정해지고 글이 덧붙여졌다. 이런 비선형 글쓰기는 참 오랜만이다.

여행 에세이는 첫 도전이고, 내가 찍은 사진을 책으로 묶는 일도 첫 도전이다. 『아바나의 시민들』은 여러모로 내게 신선한 경험이었다. 소설가로뿐만 아니라, 여행

에세이 작가로도 오래 활동하고 싶다. 구역을 나눈 것은, 실제 여행에서 그렇게 다니는 것이 편하기 때문이다. 미흡하나마 지도도 넣어 여행에서 작은 도움이 되고자 했다. 이 책의 성실한 파트너가 되어준 김종숙 편집장과 작가정신 출판사에 고마운 마음을 전한다.

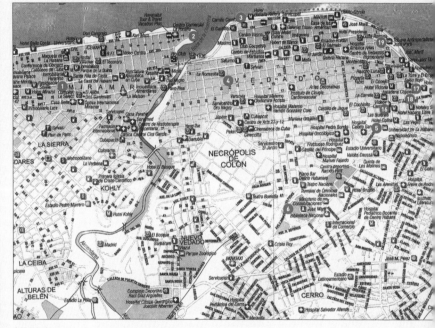

| 아바나 지도

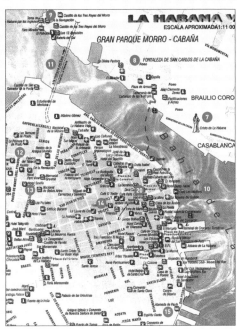

| 지도 안 사각형 부분 확대

아바나의 시민들

초판 1쇄 2017년 7월 17일

지은이 / 백민석
펴낸이 / 박진숙
펴낸곳 / 작가정신
편집 / 김종숙 황민지
디자인 / 정인호
마케팅 / 김미숙
홍보 / 박중혁
디지털콘텐츠 / 김영란
관리 / 윤선미
인쇄 및 제본 / 한영문화사

주소 (10881) 경기도 파주시 문발로 207
대표전화 031-955-6230 팩스 031-944-2858
이메일 editor@jakka.co.kr 블로그 blog.naver.com/jakkapub
페이스북 facebook.com/jakkajungsin 인스타그램 instagram.com/jakkajungsin
출판등록 제406-2012-000021호

ISBN 979-11-6026-053-3 03810

이 도서의 국립중앙도서관 출판시도서목록(CIP)은 서지정보유통지원시스템 홈페이지(http://seoji.nl.go.
kr)와 국가자료공동목록시스템(http://www.nl.go.kr/kolisnet)에서 이용하실 수 있습니다.
(CIP제어번호 : CIP2017015639)